俗女日常

江鹅 ◎ 著

花城出版社
中国·广州

图书在版编目（CIP）数据

俗女日常 / 江鹅著. -- 广州：花城出版社，
2023.9（2023.12重印）
ISBN 978-7-5360-8361-5

Ⅰ. ①俗… Ⅱ. ①江… Ⅲ. ①散文集－中国－当代
Ⅳ. ①I267

中国国家版本馆CIP数据核字(2023)第142965号

版權所有©江鵝
本書版權經由時報文化出版公司授權廣東花城出版社有限公司簡體中文版
委任Andrew Nurnberg Associates International Limited代理授權。
非經書面同意，不得以任何形式任意重制、轉載。

版权合同登记号：图字19-2023-125号

出 版 人：张　懿
责任编辑：李　卉
特约编辑：王佳云
责任校对：衣　然
技术编辑：凌春梅
封面设计：董茹嘉

书　　名	俗女日常 SUNÜ RICHANG	
出版发行	花城出版社 （广州市环市东路水荫路 11 号）	
经　　销	全国新华书店	
印　　刷	佛山市迎高彩印有限公司 （佛山市顺德区陈村镇广隆工业区兴业七路9号）	
开　　本	880毫米×1230毫米　32开	
印　　张	7　1插页	
字　　数	115,000字	
版　　次	2023年9月第1版　2023年12月第2次印刷	
定　　价	56.00元	

如发现印装质量问题，请直接与印刷厂联系调换。
购书热线：020-37604658　37602954
花城出版社网站：http://www.fcph.com.cn

目　录

自序　追一只豹　　　　　　　　　　　001

辑一　厌世日常

厌世求生自白　　　　　　　　　　　009
金链子　　　　　　　　　　　　　　016
拜土地公　　　　　　　　　　　　　019
七夕的早粥　　　　　　　　　　　　022
第二件衬衫　　　　　　　　　　　　026
失眠购物策略　　　　　　　　　　　029
断脸书记　　　　　　　　　　　　　033
在新月向宇宙许愿　　　　　　　　　037
弥斗诺威海底城　　　　　　　　　　041

天神的戚风　　　　　　　　　　　　　　044
我长大了，会自己吃饭饭了　　　　　　047

辑二　食膳日常

我非常喜欢这样吃一碗饭　　　　　　　053
煮菜加糖有事吗　　　　　　　　　　　058
凤梨酥这个人　　　　　　　　　　　　061
三温糖是这世上美好的存在　　　　　　064
斯文的起司　　　　　　　　　　　　　067
生命中的粉浆蛋饼　　　　　　　　　　071
小苹果与市内人　　　　　　　　　　　074
美食街没有美食　　　　　　　　　　　077
市场边的卖菜大姐　　　　　　　　　　081
新两次　　　　　　　　　　　　　　　086

辑三　肉身日常

呱元呱点呱呱呱　　　　　　　　　　　091
完整的身世　　　　　　　　　　　　　094

SPA里的生化人	097
免费健检	100
把头发留长的过程有点禅	104
第五天的指甲	107
马桶刷	110
好,你们现在可以再打了	113
交换礼物	116

辑四 放空日常

"人权底线"	123
团团的早餐	127
腌溏心蛋用玻璃便当盒	131
蚂蟥、桑蚕、陆龟与军情五处	135
去擎天岗	139
请问有到渔人码头吗	142
搭高铁返乡的自得其乐	145
机车台南	150
云	155

辑五 地球日常

去日本玩不说日文	161
我在银座逛街的时候有了重大发明	166
在超市的中心呼喊幸福	171
没有,我没有去过日本看樱花	175
鬼才偷拖鞋	179
狂粉的单词课	184
流泪虽然可耻	188

辑六 说到爱情

书写爱情的绿墨水	193
说到爱情,我想起飞蚊症	196
IKEA其实是个有点阴险的地方	199
说到爱情,我想起三十万	202
说到爱情,我想起马铃薯	205
说到爱情,我想起扮仙	208
说到爱情,我想起野生动物摄影师	211
说到爱情,我想起露西	214

自序　追一只豹

我有一盒蜡笔和一本画册，专门画豹，想要画出来，看究竟那张脸。

二〇二〇年的某个清晨，我在梦里看见他。

梦详细得像电影。我要去见长辈，第一个镜头是开启中的电梯门，门片左右滑开的同时，我的两片肺叶也因为深吸的一口气撑到最大，走进他家之前必须心理预备。不是讨厌他，只是觉得与我不相干，幸好问候请安还算容易，提取这种分量的意志与恭敬已经很习惯。长辈在物质世界里是人中之龙，维系这个备而不用的人间顾问，是该当的进取。我是别人眼里有一手好牌的人，"不相干"这种话，不好说。

长辈家是二十世纪八〇年代的堂皇，独立的玄关比我蜗居的套房还大,阔手挖空整片地板做成天井,天光从整墙落地门窗照进来,穿过泳池般大的天井,直到下一层楼才触地。没有围栏,井面横架着艺术品般的大片铁栅,虫鸟草叶铸粘精巧,看得出匠人和主人当时用心,但是锈蚀严重,真摔进去不知撑不撑得住。

没人出来招呼,我沿着井侧走到对边,脱鞋,推开虚掩的门以前,又吸了一口长气。

大宅狭长,却没有隔间,只用家具区隔起居功能,都是厚实的胡桃原木,泛着英女王身前身后常见的历史色泽。我一路走向深处,途经有窗的区域时,在光中看见大小木柜敷着一层暗处不能察觉的薄尘。屋里没有人。

我为白走一遭叹气,转身要走,却看见饭厅坐着三个女人正在午茶,我从背影认出脸书好友婷小姐,也是不相干之人。想装作没看见,却还是上前对深谙投资的她说了一声嗨。社会艰深而我才智有限,如果向人中之凤输诚可以在柴米庸碌之间偷到聪明,总是要随分随力地做。婷小姐善于人际,邀我坐,要我吃,我在六只等着结束寒暄好接续私人对话的眼睛底下夹碎一块和果子。离席的时候知道白搅了一池水,社交后比社交前更感到社会艰深,我想回家。

来到玄关找不到鞋,很苦恼,不见的虽然是鞋子,却像遗失了回头路，以为不穿鞋就走不出那个门口。来回焦急之间，大意踩进天井，虽然急忙收脚，锈铁还是禁不住力，从吃重的这头渐渐崩断，向下垂降，另一端却还固着在井面。铁窗最终以四十五度夹角搁浅在两层楼间，对我散发出失足坠楼的邀请。每一件新的发生，都在企图取代此前最重大的发生，尽管鞋子的问题还没解决，想离开还没离成，我必须先回屋里提醒大家出入当心。身在人间，我想证明自己也有能力、有意愿执行人间规则。

抬头转身之际，我看见那头豹。太阳让锈坏的铁窗铺满一地破影，却晒得窗外的豹皮金黄灿烂。豹最盛年最美的样子就是这样吧，尊贵、统御、洞悉、矫健，不能更完美。我感到与他相关，虽然是豹与人，更像是赋形于豹的某些什么，和我覆于人身之下的那些什么，在相映的瞬间认出彼此是异地相逢的至亲。他在窗外明亮自得，我在屋内恭勤忙碌，对眼的瞬间还没过去我已经完成转身，朝屋里走去，急于达成义务，对不相干的人们示警：锈坏的天井不再安全，窗外来了你们一向提防的猛兽。对世界输出忠诚的时候，我对于相关与不相关事项的次第排列，经常感到笨拙，也显得笨拙。

当闹钟忽然响起，关闭整个世界，我感到完全的解脱，全身肌肉终于放下梦中意志松弛下来。同步清醒的理智，却也再度登入现实人生，续抱昨夜入睡后放下的意志，比梦中的更庞杂、更老练、更眷宠。我随即意识到自己经历了一场南柯梦，南柯梦最震撼之处不在梦境本身，而在于亲身见证醒而未醒。

我不断想起那头豹，惋惜来不及分辨那场梦里感受到的唯一相关，如果当时曾经上前相会，或毫无顾忌地对望下去，直到可以感受体内与他遥对相应的是什么，或许不必等到从梦里醒来，我就能知道在投身人间的同时，如何完整保存猎豹般的孤美自强。但是没有，人豹相映的一瞬太短，我已经记不得他的脸，搜遍网络上各类豹种影像，都像是他，却也不能肯定是他。我把最后一线希望放在自己身上，作为唯一目击证人，也许有一天能描绘出来。

我在召唤一只豹，以图画和叙述反复拼凑。成果都像错置，他成为我最新最大的"不可对人言"，不是不愿意，而是最迫切最渴望陈述的那些，说不清楚。写作上的气氛尤其如此，对于可以轻易交代的事情失去表达兴致，像喜功的猎人，收敛鼻息手脚伏在低处，一心等待那只值得出箭的豹。豹不来，我便持续感觉到不能写。

因为筹备《俗女日常》一书，我又醒过来一次。这本书是《俗女养成记》之后，至今五年期间，发表在《明潮》杂志《俗女日常》专栏与《自由副刊》两性版专栏，和其他刊物上面的文章选录。回头去读才记起曾经有那么多生活琐碎可对人言，虽然多少为曾经的文字表现感到羞赧，却也震动，当时长期处于交稿需求，时刻留意着有什么能写，回顾起来竟发现我在遇见那只豹以前，已经开始追猎那只豹。那些细琐的陈述，都在还原寄附于俗常，却也不安于俗常的生命轮廓，俗常之于人，像斑纹之于豹，人人皆有，各个唯一。当时还不知道，这种原发性的追猎将要持续膨胀着颠覆我所有的既成道路，反而没有怯懦，浮沉在生活里，不计利害地对世界发出按捺不住的侥幸或哀叹。每一次鲁莽都是当前人生的快闪限定，在自认能写的时候，遇上有缘的发表机会和愿意担待的编辑，是命中不可解释的机缘巧遇。

《俗女日常》成书出版，让我目睹自己需要写，需要说。愈来愈明白我在写作上始终会是业余的参与，驾驭文字不是我的终极慰解，甚至偶有"反正人话难逃以指指月"的虚无心情。但是每一次借着吐露对生活难以自禁的理解或疑惑，解除或促成当下的孤独，都像搜集到一枚独一无二的猎豹斑点。斑点成把成堆，在得以贴回豹身，精准就位以前，像攒在袋里的白米，埋手进去能摸到他人无法供应的熨帖，和因此不可能外求诠释的寂寞。

自觉不能写，是必然的纠结。越是不能为体内最汹涌的那些做出精准翻译,越是看见自己在想说与不想说的挣扎里,随顺了什么,坚持了什么。在梦里见到那头豹的时候,我也是孤身一人,在回头与离开之间踌躇难安,这或许是我能看见豹,或豹能遇见我的条件设定。高床软枕处,想来养不出那样一头天然健美的兽。

先有前行,才有回头的看见。就好像我学过外文,才爱上中文;讲好台北的"国语"[①],才能讲台南的闽南语;决绝排拒过人间,才养出宽和纳受人间。关于追猎,我只好怀抱盼望,继续在生活里琢磨所有可对人言的细琐,等待每一次在不可对人言的视界里,依稀照见那头言语道断的豹。

原本与后来,都在日常。

---

① 指台湾地区通行的普通话。——如无特别说明,本书脚注均为编者注。

辑一

厌世日常

厌世求生自白

其实那种"吃一口美食感到无比幸福"的心情,我很少有过。给我取名的算命师说我命带食神,我在家跟着阿嬷,出社会跟着各个雇主,果真吃喝过一点好东西。好东西吃进嘴里的确深感庆幸,需要的话我也能配合现场气氛全本演出"很顺口,不会腻,在舌尖尝到幸福的滋味",但是真要说美味能够制造幸福感,我始终不太能够把两回事画上等号。我的幸福水平线并不全然与味蕾的福祉联动,即使是滋味欠佳的隔餐便当,也不能减损我的心情,这大概是我可以长年吃素,丝毫不觉得损失的原因之一。我很少提起这件事,因为不相信别人可以理解,有时候在广播里电视上见闻到饕客对于美食的无上热情,特别在暗中感到寂寞。

小时候姑姑带我到舅公家买鞋,舅公的鞋铺在菜市场里。一个极其简陋的铺位,勉强用木板隔出上方夹层,一家几口跟堆上天花板的鞋盒挤在一起生活,要睡觉的时候得要猴子似的攀上去。我好事跟着爬过一次,果然撞垮几摞鞋盒,但生存空间拮据的舅公一家从来对我慈蔼和悦,我很喜欢他们。妗婆①好静爱猫,时常备着猫饭,任市场里的猫来去饮食。那天姑姑牵着我走进市场,远远看见妗婆的女儿从城里回来,正在铺前招呼小猫吃饭。姑姑欠身对我说,前面那个就是妗婆的女儿,在学校教书的,跟妗婆一样都是怪人,不爱跟人讲话,养一堆猫。我配合着笑了两声,在心里记住这个定义,提醒自己不要成为这样的,连自家亲戚都要加以指点的怪人。

所以我是先试着做了热爱社交的一般众人,摸熟了主流的模式,却在半路上觉得事情不太对劲,才一步一步离群索途,既无奈又自愿地,走上如今这个容易招人关切的、无夫无子的、拙于交际的、只对猫笑的、回家不看电视的、连吃饭都难以随众的人生状态,而且不改其志。近年流行厌世梗,用刻薄的黑色幽默戳破各种困顿荒谬的人生谎言,这个提倡积极功利、团结拼经济的社会,终究走到了这一步,不得不检讨伪善的面目,反省曾经有过的亏

---

① 闽南语中指舅公的妻子。

待，让我忍不住要老生拂须式地哀鸣三声：台湾终于看得见，群体之下存在着多少各种委屈喘息着的个人了吗？

关于厌世，我算得上资深业内人士了吧，业障的业。厌世原本为的不是求死，是因为想活，是因为领悟到身在人群立成孤魂，厌离才有活路。这个社会对于人生的固有想象，没有太大的弹性。好比吃素这回事，我说自己吃素不觉得损失，那是说我告别了曾经热爱的卤肉饭与炸鸡腿，并不感到遗憾，但是遇到随意打发素食餐的厨房，我是吃得出来自己蒙受什么亏待的，以付了同样饭钱的立场来说，而且是经常。大多数的人，像指着怪人要我留意的姑姑一样，难以想象为什么有人要特立独行，平添自己的阻碍和他人的错愕，在这个爱吃懂吃才是格调的世界里，既然有人坚持不吃肉，那是没有要好好生活的打算了吧！既然如此，随便喂点东西就可以了，毕竟你吃得不好不是众人的问题，是你选择吃素所带来的下场。

阿嬷曾经劝我别吃素，因为吃素会歹命，我逐渐能明白这个说法。为了吃到一份待遇公平的素食餐，我经常需要特别去拜托或提醒厨房，现有的材料可以怎么配怎么煮，如果和大家一起跷腿闲聊等上菜的话，事情很容易有出乎意料的发展。不少厨师明明平日深谙火候与食材的关系，但是一听到素食，想到不葱不蒜不肉，就会忽然好像废了武功，在自己的专业上端出离谱的成果来。然而他们不是没有能力做，只是从来没有关心过习惯以外的做法。这会儿说的当然不只是素食，这世上绝大多数的众人，都不是没有能力好好对待和自己不同的人，他们只是从来没有关心过习惯以外的做法。

生活难，所谓怪人的生活又必须比众人庄敬自强一点。我经常需要交代开始吃素的缘由，回答营养学上的质疑，在对方的防备中澄清我并不评判别人吃肉，在施舍的目光之下声明我不同意自己的口欲需要怜悯。必须反复对着众人解释自己的意志，也是令我厌世的一环，对牛弹琴使人疲劳，既然真心解说还是得落得披鳞长角似的怪人下场，我不如就退到边上静静活着，反正众人面前我已经注定格格不入。

怪人在这世上找活路，精神意志一般来说已经比常人坚强。他的路要么孤单地走，要么和众人对干着冲，有时天晴，有时暴雨，也难免会有精疲力竭的时候，那就是魍魉黑夜。众人很难看得出怪人正走在夜路上，因为失去求生意志的怪人走不远，在人群里看起来特别乖巧，会笑会扯淡，有时还能歌舞喧闹，夹在众生之间随顺起落，消极等待最后一丝生命力的飘逝，把这个位置让给更适合的人活。在某些时刻，"厌世"两个字会忽然从长久以来蛰伏状态的形容词，瞬间转化为动词，先加ing，随即换成ed，从此和某个怪人的生命一起成为过去。这个时候，众人才要大吃一惊，懊悔当初要是多留意就好了，这句话在三五天的劳碌之后，往往又沦为一个体面的谎，众人自顾不暇，随人顾性命。

每当我去到陌生的地区，走遍整条街也找不到任何素食店家可以吃饭，会去问一般食铺的老板，肯不肯做一碗白面拌麻酱，或清炒一份素面给我。被应允，甚至被多问一句"加一把小白菜要不要？"的时候，我会觉得自己忽然成为《口白人生》[①]第二集的电影主角，正在演出一段吴念真笔下的剧情，描述着迷惘时代混沌人性里依稀存在的光亮，那种"台湾最美的风景是人"的温馨桥段。但对怪人而言，旁人一时的暖心其实不足以挹注长远的生存，真正能够长远的，必须是平日里可以稀松看待的寻常，就像鼎泰丰里的香菇素饺和素食炒饭，任何时候走进店里，无论点菜的时候好声好气，还是冷面冷语，端上来的都是烹调水平与他人一般整齐的食物。需要等人发挥爱心的对象，怕是难有活路。

---

① 又译作《奇幻人生》或《笔下求生》。该片于2006年在美国上映，讲述一名国税审计员发现自己居然是小说中的人物，一位作家创作了他并书写了他的人生。

有时候对于自己身为怪人的艰辛，难免感慨。台湾富过三代了吗？可以懂吃穿了吗？个人意志可以探头出来不被打枪了吗？问题乍看有两个答案，其实没有选择。我不做自己活不了，人类文明的演化不会回头，台湾也不会回到二话不说服从威权的时代。上一辈为了过上好日子，不惜工本栽培下一代，然而教育这事不单只是拿学历换薪水那么简单，教育是个买一赠十的同捆包，书读得够多，见识就会长，思考就会广，独立意志就会养成，翅膀就会硬。某种程度来说，这也符合上一辈要我们过上好日子的盼望，人类正在面对的课题，就是要进一步尊重每一条个别的灵魂，捍卫每一种生活形式的自由，让全体生存质量向上调整。无论这是不是旧辈人意料得到的结果，都是我们正在承接的现状。

众人永远会相对于各种少数族群而存在，好像我在餐桌上属于少数，但是对外籍工人来说就是众人；在亲子教养议题上是少数，相对少数民族来说是众人。旧时代的众人可以对着怪人指点排挤，但是如今的众人需要学习的是耸耸肩，说"喔对，他和我们不一样，但人家也有同等生存权利"，把任何与我们相异的个体，都承认接纳为太阳底下的正当风景，这是人类文明里正在发生的改变。无论喜欢不喜欢，我们都已经来到大队接力的接棒区，只能接过棒子往前跑。这世间哪里有什么东西,能够今昔同一面目,万年齐整不变呢?能变,才有机会进步。

  有时候我会想,地球上的生命进化到现在,为什么我们是人,而不是阿米巴原虫。是不是最初曾经有一只虫,决心要壮大起来,所以在细胞里种下了基因的突变,成为一头兽;许久之后,又有一头兽,决心要在交配与觅食之外,找到更能诱发生命力的事物,于是在那个关键突变的脱兽基因里,生出一股永不满足的驱动力,朝着远离兽性的方向去寻找答案,于是演化成人,于是我们无法止息地寻找着各种让人类文明更加高明的可能。未必每一个改变,都能通往更高明的文明,但是在心里、在社会当中挪出空间,尊重每一种不同的身份,免去他们怪人的标签,承认每一个我族或异己,都享有同样平等的生存权利,那份宽厚与谦卑,至少不会让我们距离高明越来越远。我是这样相信的,这是我在厌世的业障中,从来没有怀疑过的清明。

金链子

时隔二十几年,我又戴起金链子。

我的第一条金链是姑姑给的,当时的薪资水平与物价指数还不是这种窘境,加上传统观念对于黄金的偏爱,家家户户大概都有些金项链金戒指。从小在妈妈和阿嬷的梳妆台翻着这些首饰玩,我只敢把手和脖子伸到开着的抽屉上方试戴,万一滑脱才能掉在有得找的范围里,要不然就得换我落入被打到断腿的刑事范围,黄金毕竟是财产等级的东西,小孩子也知道厉害。

所以当姑姑送给当时初中生的我一条金项链的时候,真是要躲在棉被里偷笑的那种开心。开心不在于链子本身的价值和美感,而是终于被认可为能够拥有黄金的准成人。对一个十岁出头的女孩来说,那是等了一辈子的事情。只不过，人不管等的是什么，等到了就是一个结束。链子戴不多久我就拿下来了，准成人在各种同质化的训练下，果然还是走入灰阶的反叛视角，觉得成人做什么都落后迂腐，黄金项链因此受到波及，谁要把那种动不动就龙凤呈祥的东西挂在身上？身为青春的本体，对于俗气的事物当然要避嫌，造嘎哪杯①。

多年后我成为上班族，黄金在国际市场上有了奇妙的波动，身边总会有人关切黄金售价，让我不看电视也能知道涨跌，才又记起黄金是贵金属，再怎么俗气都等于钱，而钱又等于地球人的生命意义。这句话明明是夸饰，对比起现实却像白描，这向来是我体内长期的矛盾：金钱很能激发我理智上的焦虑，人生好像就是应该积极赚钱才叫上进，但是我的荐骨却对于金钱不是特别有响应②。荐骨没响应的事情也就只能一直停留在脑袋里面，偶尔浮出来响警铃，却成不了什么气候。记着有什么事该做，却一直没有力气做，是我的人生常态。

一直到，我想起一件事，或者说一个物理事实。无论价格高低，黄金始终是黄金。无论人的眼睛看着黄金，想

---

① 闽南语，意为：走得飞快。
② 荐骨是人背后尾椎骨从下往上数的第二个骨节，从人体前面看，大致对应丹田的位置。有些观点认为，荐骨代表深层次的生命本能。荐骨对某事没有响应指的是身体没有能量升腾起来去支持这件事情。

金链子

的是行情还是流行，黄金一直是原来的样子。黄金是这个世界上少数几种不求与人化合的物质，从头到尾只想自己安静被动地待着，无论在别人眼中是贵是贱，无论迫于环境得要延展到多么薄弱稀软的地步，它都是一样的十足真金，死活维持着澄黄闪亮的原貌，就是它的价值所在。这回事想一轮，好像重修了一堂理化课，上世纪第一次学到这些知识的时候不觉得怎么样，人生近半以后却仿佛得悟天机。科学与神学果然是史艳文与藏镜人[①]一般的关系，说到底是一母所出。

戴回金链子以来，每一次照镜子都像被面前的另一个自己提醒"You are gold, You've always been gold,"根本是种认知层面的复健。话说成这样貌似气氛凝重，实际上颇为愉快，黄金在光线底下发亮，是多么讨喜而无偿的景象呢。无论日光或灯光，人和链子总有得照光，看着金链在光线底下叫人难以忽视的闪泽，我得承认，这世界这时代固然令人百般厌离，但是始终不缺足以照映真金的光明。对于这个事实，我期望自己能够尽量懂得感恩，一丝丝聪明戏谑都没有，永远也不要有。

---

① 台湾地区金光布袋戏里的虚拟人物，两人为孪生兄弟。

拜土地公

拜土地公是新养成的习惯。一开始只是为了烧金,在都会里生活的人想找个地方合法放火不容易,我没料想过自己有此一朝,得邻"路边金炉付宫庙"比得宿"露天风吕付客室"更感到侥幸。

徒步范围内的金炉尤其好,需求发生的时候,能够越早抵达越好。我不明白为什么人会有想要,或需要,凝视火焰感受炙热目睹灰烬的当下,但想要和需要本来就不是理性范畴里的事情。拜火教的开山祖师说不定一开始也只是觉得火光很美,后来众目睽睽之下不得不编派出各种愈身疗心崇灵的理由来说。发现住处附近的土地公庙有座金炉,因此惊喜万分,从此再有心情未拄好①,除了上网买衣

---
① 闽南语,意为:不凑巧,不舒服。

服、大口吃淀粉，还可以出门去拜拜。

为了合情合理站到金炉前面点火，我仔细学习怎么拜。拜土地公和拜文昌帝君的气氛完全不同：文昌宫里多是来求一时好运的人，生涩紧张，混在里面即使稍嫌愚钝也不显得突兀；土地庙里的香客却各个在地，行礼如仪之余还能与庙祝随时聊上两句，恭谨得很闲散。正当菜鸟以为气氛无拘，供品香烛的摆撤因此怠慢程序正统，坐在边凳几个等香过的阿伯阿婶却又立时分开上下眼睑，老僧纷纷出定关切世事。大概没什么人能在土地公庙里假扮无知参拜少女太久。

我现在会了。金不能急急拿去烧，既然急不得，握香禀祝干脆慢慢来，说我是谁，家哪里，事如何，求安住。从前没想过安住可以求，以为做人当做大丈夫，心要安身要住都得靠自己，只能靠自己。谁晓得人生下半场赫然发现异次元遍布求救系统，信号弹打到那边去，也不知象限之间怎么个连通法，这边的事有时候居然也就逐步妥当。与其追究能不能信，不如看作能受，而且能谢。应许与容受，也是萝卜与坑的关系吧。

意外发现，心里有事找土地公实在比找人类方便太多。朋友有限，尤其我的朋友人数特别有限，说得上话的虽然有，要找要约太过麻烦；神明天天坐在庙里，跟谁都没有利害关系,口风紧,不生事,看不破放不下的中年妇女不找辖区内的土地爷爷讨拍①找谁?自家阿公都没这么宽宏理解。有得在他跟前吐出一口气,事情似乎就小了。后来举起香,千言万语都说成一句深切的"恳求慈悲护佑",土地公能看照多少都好,人走出庙门一样要把日子勤实过着。他知道,我知道。

上次去拜,没烧金,供了花生和酒。

---

① 闽南语,"求安慰"的意思。

七夕的早粥

七夕那天早上,我在老家的市场里吃咸粥。粥才端上,方桌左右各来一个妇人,夹着我坐下来,都像刚买完菜,随意停在店口的机车龙头吊挂着各种生鲜。

三人三方三碗粥,左右两边显然相识,忽然聊起拜拜的细节:"啊是要等暗时,还是过昼就可以拜?"没有招呼,没有前言,没有当我坐在中间是个人。但这事也不好判定应该检讨别人,还是我自己,说不定人家根本预设整桌都是自己人,无论亲等都欢迎随时掺进去讲,随时都能把归世人①拿出来讲。

总之,人在市场吃餐饭,就能获知农村当日头条。原来七夕要拜鸟母。鸟母床母,都有人叫,守在床边照顾小

---
① 闽南语,"一生、一辈子"的意思。

孩的女性神祇。从前家里一出现新生儿无端发笑的事情,阿嬷就说是鸟母在弄,鸟母在我的想象里因此是个慈善幽默的小老太。

"都可以,暗时可以拜,过昼也可以拜。人说厚,卡早拜咧,鼻子卡未凹。①"我一听随即微幅调高颈椎角度,好不动声色跟紧右方妇人的发言。阿嬷一辈子嫌我鼻子塌,怎么从来没提过鸟母是鼻型美学育成要件之一?这种事我妈不知道没什么意外,她就是条汉子,但阿嬷那么致力于村里资讯交流,居然也有没跟上的消息。总不会鸟母近一二十年才开始计较起祭拜时间吧?

"若是卡晚拜,一直乎人压去,安捏鼻子会卡凹。②"三方陷入静默。其他两人把握空当吃粥,我的粥碗却变成储思盆,浮现平日亲善的鸟母老太太因为一年一度的用餐时间安排太晚,上前去把小孩的鼻子压扁的画面,颇为惊悚。我估计,阿嬷之所以不知道这个规矩,就是因为规矩本身太离谱,无法普及。

"啊你拢拜啥?"左方在吞粥的空当接着问。

"拜麻油鸡啦,拜一点饭啦。"右方妇人闲搁在桌上

---

① 闽南语,意为:人家说,早点拜,鼻子比较不会塌。
② 闽南语,意为:要是拜得比较晚,一直被别人家压下去,这样鼻子会比较塌。

那只手，戴着三个戒指，各自镶着浑圆翠绿的玉石和成排白闪闪透明小石头。我猜她的祭祀菜色这么简单不是为了精省，而是礼俗如此。

"油饭齁？"原来左方的发言不是为了求教，而是在扩充田野调查采样量，她根本知道答案。

"油饭也可以，白饭也可以。"有鉴于上一题她也说晚拜早拜都可以，合理推测这一题是敷衍作答，她很可能有偏好的选项却没提。但不怪她，面对一个嘴里蹭着树子豆腐，不断朝桌面哒哒吐籽的人，我的答复意愿可能更微弱。

"啊鱼仔可以拜呒？"田调问卷继续进行。

"拜鱼仔，"这个题目似乎让右方严肃起来，她刻意制造半秒空当，蓄积后续言论的震撼力，"囡仔的目睭会像鱼仔安捏，盖不起来，暗时仔目睭金金拢不困！[①]"我倒抽一口没抽出来的气，地方妈妈对于育儿的担忧，原来和我一样：怕他们鼻子塌，怕他们不肯睡觉。我老是担心儿子鼻子塌，要受鼻泪管阻塞的苦，而且兄妹两猫半夜鬼吟鬼哦不睡觉，十分令人困扰！这一题牵涉到全天下家长的睡眠质量，难怪她那么慎重。

---

① 闽南语，意为：孩子的眼睛会像鱼一样，合不起来，晚上孩子眼睛闭不上，睡不着觉。

我正要向她投以钦敬的眼神,脑袋里的铁齿①委员会却冲出来拦路喊停:不对,我没拜过鸟母!鱼都直接进了猫肚子,哪尊也没拜,罚则根本不适用。等一下,其实无论拜不拜,拜得对不对,地方的小孩本来就很容易遗传性塌鼻子,天性爱玩不睡觉啊。哎呀,盲肠就在这里吧大夫?这一切根本不关鸟母的事,对吧?对,我觉得对。

我舀起最后一口粥,品尝独自发现真相的孤独。不是所有真理都适合传播,而且当着鸟母用餐日,对着备餐人质疑供餐必要性,未免太鲁莽。人要拼胆识也得看状况,我上有高堂下有老畜的,话让别人去说就好。左方妇人果然兴冲冲追问:"听讲地基主也不能拜鱼仔?"可能想顺便帮不吃鱼的神明造册。

"囡仔未晓噜鱼刺啦!②"

这句话一出来,我察觉到全体铁齿委员全醒了,心知不妙,默默擦嘴收包,结账离去。再听下去我脑中生出来的铁齿论述恐怕连地基主都要得罪,谁知道他们会多少读心术。我只是因为向往真理,特别热衷于科学式探讨,又正好在七夕早上走错地方吃早餐而已。谢谢,对不起,无代志③。

---

① 固执己见、不信邪。
② 闽南语,意为:孩子不会挑鱼刺。
③ 闽南语,"没事"的意思。

第二件衬衫

说一件衬衫的故事。

年初去拜文昌宫。虽然一把年纪,面对人类图分析师的资格检验还是感到迫重,平时惯于逃避压力的人,一旦决定直面,就是押上身家的应战规模,除了勉力备考,我还百般慎重拜求了文昌帝君,求许一次强运。

所谓慎重,不过是搜齐网络上的祭拜指南,从中拣择适合的项目,加强实施。祭拜并服用吉兆食物那些,以平常心从俗做完就算。我老觉得仰赖谐音寻求庇佑不是非常周延的逻辑演算,相较之下"把考生随身用品带去过香炉"却内含莫名吸引的神秘质变潜能。香烟是实际存在的微粒物质,把蒸浸过祈愿与许诺的香烟微粒粘附在考具上,令我充分感到物理与化学层面的双重吉祥,因此列为执行重点,连笔电都带去了。

"考生随身用品"当中有个重点项目,是应考当天穿着的衣服,而且必须是有口袋的衣服,才好把福佑袋住。依着清单筹措到这项,我突然机警起来,此次应考既然未雨绸缪到求神的地步,何不干脆绸两层?多备一件衬衫多袋住一点庇佑总不会吃亏,万一不幸落第,补考还有得穿。要说人到中年学得什么教训,考试不能光靠实力,这道理不能不认。

果然,文昌帝君灵圣,检定作业上缴后,老师再没兴趣见我指导我,只让我乐观等待后续。精心熏制的福佑宝衣穿掉一件还剩一件,我拿夹链袋实实妥妥包好,收在五斗柜里,从此在心里多了一个牵挂。这样威猛的一件文昌神衫,什么时候拿出来穿才不叫浪费?也不知夹链袋能封存多久的神力,信女务求趁着效力新鲜用在刀口上。

刀不久就劈下来了。八月初,我在韫玉书院的生活散文写作开始上课,课前看见学员名单,腹内涌出寒意。不对劲,这当中绝对不只有一般社会大众,好几个名字都是文字专业人士,我预备的那些素人心得真不知如何见人,写作已经是种裸裎,要在专业面前说自己怎么写,更是脱了衣服解肚剖肠给人看。事到当时要去死已经来不及,死了对不起人家的学费岂不更进一步地歹交代。

第二件衬衫

开课那天,我站在教室前面摆出端庄镇静,问大家课程介绍明明邀请的是想要尝试书写的一般社会大众,怎么台下这么多厉害人士和旧生呢?这样我同一个笑话该怎么讲第二次呢?大家万一睡着的话要我该如何面对自己呢呢呢?台下听了竟然不予否认,只是文文啊笑,整片意义不明但气氛亲和的文文啊笑而不答。到底。

我后来怀疑,会不会,神恩这种东西不能求来囤?我会这样走进一个自惭于文采不足的处境,说不定就是因为家里闲闲冰着一颗香软肥滋的文昌运。人求神之所以能恳切,就是因为志未得意不满。之前多求一件衬衫备用,是不是也等于预设了之后将要心虚气短?

我解不开这一题,世上究竟先有萝卜还是先有坑?凡人俗脑适合进行的思路方向,或许还是应该感念在那个自觉脆弱裸裎的教室里,能有件无敌宝衣穿来蔽体护心,明明白白是桩神恩。况且,此刻再想起台下那些笑容,文文之中其实带着慈悲的光辉,怎么会有这种好事?这些人还得周日一早起床呢。除了神恩,我想不出别的解释。

这个故事的教示是,伟哉文昌帝君,但写作课不该再开了。

失眠购物策略

我越来越怀疑,人的脑袋在横着的时候,运作方式和直立的时候不同。可能也不是躺下和站起的瞬间就有立即的变化,大脑含水量那么高,可能摇晃过后得静置一阵,内部成分才能完成新布局,像雪景玻璃球那样。

至于得横上多久脑袋才会产生异变,我也说不上来,但就是每次睡不着的时候,特别容易做出一些有别于寻常的决定。这里说的睡不着,不是刚躺上床不觉得困,而是明明很累,而且已经左右躺滚八八六十四次,月亮走到中天,猫的呼噜都变成鼾声,蒸汽眼罩也完全凉透,人却还醒在那里体会膀胱里的点点滴滴,担心万一起身去尿会振作出更焕发的精神的那种睡不着。

只好滑手机。脸书和IG在夜半时分只靠西半球的人类更新,不多久就能滑完,看来看去反而不如广告吸睛。要知道,这两个平台都是马克的,看马克的脸也知道不是普通地球人,一早不知装了什么监控系统侧录我脑波,专投放些我想买的东西。

最近是短靴。冬天穿长裙的时候搭短靴好像不错,我想了几个礼拜,来来去去浏览过近百双,放进购物车的也不是没有,但都在最后关头停下来。不是因为不好起身拿卡,卡号我可是站着躺着都能背;我停下来是因为,半夜睡不着买的东西出过一些事,一些我在躺着的时候想象不到的事。

好比地瓜。我在某个半夜看到无毒农场限量销售惜福地瓜,特别小特别怪样,不好收到市场去卖的那种。横置的脑袋大为欢喜,因为营养书说淀粉要吃原型的好,而小地瓜的皮肉比例又优于大地瓜,一箱三百好便宜,天赐良瓜,买。

然后地瓜就来了,一箱二十斤,邮局那个三号便利箱装得满满。人对数字再怎么没概念,眼睛看到二十斤地瓜也会知道,那不是自己吃得完的数量。我和陈小姐对着地瓜发愁,想分送出去,打开手机通讯簿滑来滑去,两个社交低能人为了好意思请谁帮吃丑地瓜苦恼一个晚上。地瓜吃不完是一回事,要思考人情社交比什么都苦恼,而且苦恼完了一样得回头面对吃不完的剩食煎熬,烦死我。这前因后果简单明了,即使手上忙着打字写稿,只分出百分之一个心我也能预知下场不乐观,二十斤地瓜就算免费也绝不能要。

但是躺着的时候,判断力就怪怪的,什么短靴看起来都好像一穿成孝真①。要是问此刻坐在计算机前面的我,对于网购靴子有什么意见,那当然首推试穿之必要,靴子不比拖鞋,不试不会知道脚趾顶不顶,脚跟磨不磨,小腿短不短,步感顺不顺。要不是经历过深夜地瓜事件,我可能已经买完几张单,现在正在烦恼退换货事宜。

所以睡不着的时候,到底可以买什么?我最近一次的失眠购买商品,是LINE贴图②。要知道,贴图并不是想买就随时找得到适合目标,热销款式虽然可爱却容易撞图,要有点独立性格,必须到"原创贴图"去大海捞针。这种事要不是趁着失眠,谁有那个闲工夫浏览成百上千个良莠不齐的作品,找一套风格不俗、功能合用、荐骨终于肯响应的来买?不过,真找到的话,的确能开心好一阵。一套二十四张,几个月内陆续都有"首次用上"或"终于用上"某张图的兴奋时刻,以成本来看是获利相当长远的投

---

① 指韩国女演员孔孝真。
② 台湾地区常用的即时通信软件LINE上面使用的表情包。

资。说到成本,贴图单价低,一个晚上错买十套也不至于动摇"国本"。万一贴图买饱了还是睡不着,那就继续上网买歌,意思差不多,试听过几张专辑,眼睛累耳朵累也许正好有得入睡。

我能归纳出这个失眠购物策略,不无得意,但是区区一个购物策略,知识价值潜力绝对远不及那个人脑横置直置的议题,之所以费事分享,为的是希望能够启发科学家们,终于找出脑子打横时所产生的关键遮蔽现象,为医学开拓更进一步的成就(彻底杜绝失眠者半夜买错东西的风险)。

不客气,我为人人嘛!

断脸书记

去年的这个时候,我开了一个以孝真为名的脸书账号,为的是戒除脸书。

严格算来我断过两次脸书,一次为了省时间赶工作,一次为了省心,省眼冤。省时间的那一次我还是生手,以为戒瘾乃大丈夫之事,大丈夫戒瘾就要"冷火鸡"(Cold Turkey,英语俗谚,比喻突然完全戒掉某种成瘾),说不碰就不碰。不仅删除手机程序,用计算机工作的时候也禁止自己开浏览器看脸书,只在必要的时候进粉丝页维持最低限度的管理。结果差点憋死,不到三天就脚麻手麻脑缺氧,那时才发现,脸书之于我这个不看电视的重度宅女,是唯一资讯平台。

尽管脸书的运算法越来越大主大意,我还是尽力手动把页面控制在自己想看的范围里。都说待在同温层里难有长进，我倒是为自己的脸书页面组成感到骄傲。实体世界里躲不掉的反智和跟风，在这里全都能按×关掉，遇上发帖无度的洗版王，还能暂停追踪三十天。人的同温层是自己经年累月拣择出来的，到后来，我墙上除了亲近的脸友贴文，最常出现的居然是各种科技新知、偏黑带酸的迷因（Meme），以及巨量的傻猫呆狗。选择接收哪些信息，和挑选吃进肚子里的食物成分一样重要。中年人生必须保健，既然要承担卡路里，我只吃最喜欢的甜点；如果免不了折损黄斑部[①]，当然只看我有兴趣的。

所以，我没了脸书，等于置头脑于断食。我一度以为只要在手机下载新闻程序，跟上重大要闻就能缓解饥荒感。但台湾媒体的含金量低不说，含渣量简直惊人，看完十分钟新闻得玩二十分钟消除游戏才能消除沮丧，到头来浪费的时间比省下的多，真是八十七个何苦。当时精神窒息的我，仓促把工作赶到安全的阶段，就把火鸡解冻了。

第二次戒断，我做足了预备。既是为了省心，拿掉脸友成分就好，我另以孝真为名开立新账号，再到惯看的页面去，帮孝真追好赞满，这样就能继续开着窗户供氧供猫

---

① 又称黄斑区，人眼视网膜中央视觉细胞最集中的部位。任何累及黄斑部的病变都会引起中心视力的明显下降，视物色暗、变形等。

狗,也不怕粉丝页顾不了。满以为能够无痛转移,马照跑舞照跳。

对人事特别疲劳的状态下,无友世界一开始的确带来及时的清爽,像原本同路的伙伴们忽然消失,留我一个自在晃荡,隔着整个世界,以静音模式闲看路人的忙碌样态。没有脸友的世界高度养生,像重病患者改吃无盐无糖的清淡粗食,体内脏器顿时松了一口气。我躲进角落里回血补气,却也在此同时,更进一步体会到脸书为什么难戒。

因为可爱的人还在那里,也只在那里,在脸书真正式微以前,热闹还是得在这里找。那些我喜爱多年的机灵人、奇葩人、猫人、狗人、同道人,实在难在别处遇到。我说同温层好,就是好在他们身上,只是世情绵延,人事都是一个连着一个,可爱的怎么样都会连上可厌的。好消息是,长久下来我发现,有些人之所以可爱可敬,就是因为即使联结着可厌之人,居然还能继续可爱,这岂不是靠着北边①可爱吗!为了逃避烦心的可厌人事而脱离脸书,就像癌症化疗对身体细胞的无差别攻击,删去坏的,也留不住好的。世事的瓦全之所以总是多于玉碎,或许就是因为可爱与可厌两难相绝。

---

① 来自闽南语"靠北",这里表示强烈的语气。

我想念可爱的人，看见这些可爱，才不那么对生活气馁。脸书有实体世界难以达成的心智类聚机制，我自脸书开张以来打点至今的整齐同温层，已经是平日里不可或缺的养分。煞费其事的脸书禁断，让我看见自己精神洁癖里的中二，也写完一张臣服的考卷，脸皮心脏都增厚一点点。回到个人账号去，看见可爱的人们依旧在墙上发着神文与废文，那一刻，我很确定自己不想当孝真，我很乐意在原来的生活里，继续当我自己。

是说，如果有人要叫我淡水孔孝真的话，我是不会拒绝的。

在新月向宇宙许愿

新历年前后是立志（再立志）的高峰期，所有新年相关举措当中最令我兴味盎然的，大概是看着别人立志。翻开崭新的行事历，把今年没减成的肥和没存到的旅费冀望到来年实现，不可不谓通情合理；但年底其实也是众人惊觉，伟大的抱负再一次灭顶于日常庸碌的时候，正所谓四季容易又到头，归年通天无出脱。能够哀号完了随即扭头从头来过的，必须是特别有出息的人才，血液里如果不是流着过人的乐观，很难这样屡溃屡起地坚信自己前半生的散漫能在次年忽然获得有效控制：新的一年里他就不会依赖淀粉了，就不会在"双十一"牺牲极光之旅预算购入游戏套组了，他敢将人生幸福再度交托给意志，他知道他的未来不是梦。

这种立志特别好看,眼角泛着钦佩嘴里叹着气看,因为我再也做不到。我的未来都是梦,不相信拿得到想要的,也不确定想要的是值得的,最怕是年初莽撞立下的大志,未到年中已经确成乌有,对自己不知该怜悯还是该埋怨,横竖看起来都像猪八戒。猪八戒在人生中段学到的教训之一,是许诺不如许愿。志不成,人得自我检讨耕耘不足;愿不遂,却能感念上苍许其可许。这可不是在个人心理卫生策略上获得长足的突破吗?

所以四年前最初听说"新月许愿"的时候,我眼睛一亮,每二十八天可以向宇宙许下十个愿望这种便宜好事,再怎么样也该本着全联集点或去星巴克排买一送一的积极心态,走过路过不可白白错过。那一次,我找来纸头,想要赶在有效时限内完成许愿,却发现不容易。

人可以每一天每一刻慨叹人生不如意,但真要具体说出怎么才叫称心,却是千头万绪。临到这个能够祈求宇宙里任何一桩一件的当口,说不出自己最想要的十样东西是什么,活着到底想干什么,我才看清原来一贯的怨天尤人有多么穷哭夭①。第一次新月许愿我没能列足十项,刚被掀开笼盖的家禽不知道有什么地方好去。原来许愿不是一件轻易上手的事。

---

① 闽南语,意为:哭喊吵闹,大声嚷嚷,无理取闹。

比如说，想要钱。要多少钱才够？不知道。有钱要买什么？不确定。到后来越想越烦，我要钱不就是为了不操这种心吗？经过几次新月逐渐确认，我对于钱的最大愿望，其实是可以不必想到钱。这就是我想要的物质丰足程度，我数学不好算不出这该值多少钱，反正一切交给万能的天神去敲定。其他领域也以同样的原则划出天神可以发挥的空间以后，大概就确立人生当下最想要的十件事了。确立到，无论占星专家如何提醒该次新月的最适祈求在于哪些面向，我都只想再度呼吁宇宙成全，或更进一步成全，我的黄金十愿。

专家们说最好拿笔把愿望写在纸上，二〇一六年起我开始把新月许愿集中在同一个本子。有些实现了的愿望已经不再记起，有些久许不遂的断然在某次新月放弃，有些仍然随着体内的纠结时列时删，有些无论如何都情愿相信终究可以。许愿成为例行大事，每次新月必定综合各家建议筛选最大公约吉利时段，设定闹钟按时许愿，就算到时候本子不在身边，也会写在便条上回家仔细贴进去。

翻阅四年来的心愿编月史，实在没有道理不相信宇宙对我有所回应。眼见这期间每一个曾经太难的前进与摆荡，竟然都过关斩将到足以遗忘，对于那些目前尚且患得患失，不知何时得以触及实地的念想，我更愿意就这么继续逐月逐年坦然许下去。

原本想下个结论,人不立志也可以过得颇有长进,又怕过于武断。还是只说许愿吧,许愿显然是很好的,无论在多么绝望的时间地点,如果还能认真盼望,就像是隐约握着一个门把,在某个忽然回神的时刻,会发现自己不知何时开了门走进当时憧憬的平行宇宙里了。

尽管此刻也只道是寻常。

弥斗诺威海底城

寂寞先分有无，再分渐次。

人在不认识寂寞以前，寂寞并不存在。像唇疱疹，你们长过吗？我没长过唇疱疹以前，生命里的一切与之毫不相干；莫名发作过一次以后，从此就是个会发唇疱疹的人，工作太重、心思太繁、睡眠太少、应酬太多，唇疱疹就来。各方各面的生活从此布上一条条细隐如丝，没人知道埋在哪里的界线。有些以前可以挥霍的气力，现在不可以了，万一自恃过头踩上线，爆出来的就是唇边一颗疮，三时五日不能好，旁人看了只能问你怎么啦，一定是太累了，好好休息别操烦太多，祝君早日康复，咱们改天一起吃饭（谁跟你吃饭）。

疱疹前面几次发作的时候，人会以为有得救，吃药擦药喝苦茶什么的就有救,就好像刚刚开始懂得寂寞的时候,以为找对情人就有救,找对朋友就有救,看对书就有救,找对上师就有救,或生个小孩就什么都好了,good for you by the way。折腾几次下来才知道,这种东西发作起来主要是挨,尽量睡饱吃好挨过去就是,跟它比气长。挨过去也不能说就康复了,只要发作过一次,往后就是好发族群,这辈子就是个会寂寞的人。

必须用上挨这个字的时候,四周人多未必是好事,来一个成天想要帮你挤脓上药的挺要命。能遇见可以走在一起各挨各的人,反而是命运好大的恩惠。那些说能救谁保护谁,免谁于苍茫人生幽寥寂寞的人,早晚要明白,或被明白,他吹出一只多大的牛来。

寂寞的渐次,在于救赎的移转。本来想要被救,后来发现只能自救,人到这份上会明白诗人干吗老说寂寞是海,死活游不到尽头的地方说它是海算客气了,无论自己游还是让救生员挟着游,结果都一样泡在海里出不去。而浸水这回事呢,人在水里永远只能单独一个,无论搂着谁,巴着多少人,肌肤之间再密的缝隙都会渗进海水,到头来,人与人之间必然隔着水。喔,是隔着海。喔,是隔着寂寞。

原来,他救自救都没救。这种认知转换在主观感受上，有点像本来门牙痛后来变成臼齿痛，很难说哪一种比较不悲哀。人类最枉遭轻贱的能力大概就是放弃吧，我从前以为放弃是输家才做的事，哪里知道有些事情放弃了反而是晋级。好比，在寂寞里挣扎这回事，束手其实不会死。那东西就是这样了，如果本来堵在鼻孔，它就继续堵在鼻孔，如果本来插在胸口，它就继续插在胸口，不会因为人停止挣扎而往前进一寸，向后退一分。我以为自己束手之后很快会没命，结果水只是如常从七孔灌进五脏，又从五脏溢出七孔，沿路灼烧。多年下来我仍泡在弥斗诺威（Middle of Nowhere）海域里活生生，血压腰围胆固醇都没多大起伏，唯一不同的只是习惯之后很少再呛再咳了。

浸在海里看着旁人各种花式泅逃，我偶尔怀疑自己根本是水生的，或水陆两栖偏水生之类。当然我挺想假设，其实人类都是生来浸得住寂寞的，但求证不易，谁能顾得上谁什么时候寂寞到哪个地步？最多就是，哪天忽然看出某株珊瑚底下原来坐了个人，自己在心里暗呼一声罢了。

寂寞是一个人的事。

天神的威风

早前去看车,上路试驾。旁边的年轻业务很机灵,抓住每个恰当的时机介绍大小功能,毕恭毕敬。顺畅绕完大圈市郊,回到展示间前遇上最后一个红灯,两人盯着秒数倒数,他忽然语带感情:"姐姐,我很少遇到车开得这么好的女生。"

明知是赞美,我却心冷:"就劳碌命。"连小战一下女性开车名声都没兴致。

开车累。短程小累,长途大累。屈身在驾驶座上盯住前路,随时控制车辆,劳神又劳力。遇上不要命的用路人还要劳心,有的担心他会撞死,有的害怕被他撞死,有的必须诅咒他快到别处去死,最后还要懊恼何苦白白为个路人火烧功德林。忍辱善人做不了,怨毒恶人不敢当,怀疑自己这种两头不到岸的人生态度,到底在搅和什么?能搅和出什么?身心俱疲。

但是方便。四个轮子总是比两条腿能跑,越能跑,越方便移动。

高速公路上每一截车道分隔线,尾端都嵌着一块反光板。我常在过午时分,经过南下云嘉路段。冬日下午一点前后,非常难得的偶尔,反光板的斜面角度正好能把太阳光线折射进我的眼睛,像是有谁事先算准我的时速、我的经纬座向、我的车高、我的身长,等着我攀上一个独行的坡段,让触目所及的三个车道四行隔线每一片反光板,同时在我的视网膜上以金光绽放出绝丽繁花,场面庄严奥秘如法华,知其美却不知其所以美。我在那个瞬间感到充满,皮囊之下涌灌无法理解却能领受的极喜。

我在开心什么?是因为像钻石?脑袋里的小人一个骨碌坐回控制台,想为莫名的欣喜找到解释。可是我喜欢钻石,从来只是为了那些提炼出来的光线,我真正欣求的一直都是光。穷尽我八百辈子买得起的钻石也不足以排列出来的金光矩阵,其实就一直这样平平实实铺在云林的吗?怎么来回这么多趟,今天才遇见?这就是传说中的天时地利吗?原来开车走在沉闷的高速公路上,会驶进神迹的吗?

我随即发现自己软了,在穿越那片光亮以后,前后左右的龟速路队长和超车流氓,都成途中微尘,再无相关。一阵轻快写意,忽然不再需要追究什么,也不太记得之前具体生气些什么。我顿时明白移动的自由为什么是一种人权,要不然人要怎么莫名在对的时间,来到对的地方,被天神的万能金光烤成一块松暖香润的戚风蛋糕呢?

后来我不再那么抱怨开车疲劳了,既然是自由。

我长大了,会自己吃饭饭了

忘记在哪里看到过,有人说再听到一次"爱自己"就要吐,我的心脏为此紧缩好大一下,毕竟工作上的言论很大程度建立在这三个字的展开,哪天被打怎么办?情绪中心空白而逃避面对冲突的我,随即拿出体内奇异笔,在脑壳内壁增补一条发言守则:不要说"爱自己"。

执行上不算难,尽量绕着讲而已,以分析师为业本来为的就是能把整件事化整为零,从细部慢慢说回核心。但是总有些偶尔的偶尔,一切人物情境配置正好需要再把蓬松的叙述压缩回原来那句话,字字分明地嵌进某些心里去定锚。我渐渐发现,生命相关的事实很难完全回避得了,人常常自以为可以,一个转身撞上去才知道不可能。

生命需要爱,是一个事实,就好像,活着需要进食。

人可以因为各种原因不肯吃饭，但是身体渴望营养是一个事实。多数情况下，自己张罗自己的需要是最有效率的做法，人甘愿为了饮食上的渴望勤劳奔走，对爱的渴望却等着有人外送，也不知哪来的少爷脾气小姐情怀（外送员气音表示：对啊，送来了还要给我负评，好难服侍）。我在遇上不得不陈述现实景况时，没办法不提到"爱自己"，即使唯恐听者早就被这三个字的衍生诠释喂太饱，张嘴喷射消化不了的呕吐物。只是俗辣还是怕被打，为此我思考过该怎么换句话说，也许换句话说可以让表达效果更婉转、更体贴。但这事别说思考，根本不出几次眨眼的时间我就完全放弃帮"爱"找替代动词，帮"自己"找替代名词。没办法。

"爱自己"令人厌烦的原因之一，大概是因为很难吧。就我来说，"爱自己"其实颇具压力，因为我不容易肯定自己，不肯定就很难喜欢。有些人的设计天生擅长花式挑剔，而且主要挑剔目标往往不是旁人，人的内心勾当再怎么瞒天瞒地也瞒不了自己，例如自然卷的弧度不如烫出来的自然（这句话写出来原来这么荒谬）、表达不够机敏、表达太过尖锐、生活不够积极、生活不够淡泊、旧衣服太邋遢、买衣服不环保。眼看一身缺漏罄竹难书，哪里好意思放胆成全这样的自己去健康快乐？我执行得最上手的不是爱自己,而是惕厉自己。大家都知道,越是违背人道精神的自我惕厉,获得的掌声越大,越悦耳呢。

然而一世人流流长,总会撞上几次比掌声更为快慰的生命真相。有一次,不,其实很多次,我又挑剔起自己的身型外貌,却激怒旁边的人。他叫住我,一脸凶恶,肩背冒火,要我看着他的眼睛,听他说:"你很美。你不胖。"我依旧盯住他,上上下下地看,心里想:这个审美标准有问题,再不然就是社会现实判断力不足的人,真的在生气,显然很不喜欢此刻的我,不喜欢却愿意耐着性子为我的当前样貌做辩护。唉,这个人爱我。比我爱我。

人领受到爱的时候未必说得明白,但身体不会错过任何一次"感到健康而且正确"。我知道他是对的,不是因为我在通俗标准里比谁美、比谁瘦,而是,以正义接纳自己的存在,才是活得舒坦的究竟办法。不是喜欢,而是接纳。我求瘦求美求上进为的是在均质化社会里过上安心日子,但安心追到后来,始终要面对自己这一课。

目睹旁人怎么爱我,我学习怎么爱自己。"爱自己"其实比"喜欢自己"可行,喜欢是一翻两瞪眼的事,但是爱永远有努力的空间。拿我的猫做例子,我不喜欢他玩水,再踩湿沙发地板和桌上的笔电文件,尤其讨厌他整碗打翻泡湿木头地板,但这个惹是生非两手臭毛巾味的固执家伙是我的猫，一把老骨头也不知还有多久能活。我对他的接受度随着年龄越来越高，尽可能想象他玩水是一种生存必需的天然机制，而且去买了一个重达三百斤（夸饰）的韩式石锅装水碗防止倾倒，随时趴地擦水印。尽管过程中必然叹息碎念翻白眼，但我没有绑住他的手限制他靠近水，也没有在极度恼怒的时候掐死他。我尽一切当下智慧与余裕所及，成全他维持那副惹我生气的德性。那是我对猫的爱。

爱自己也就是，尽可能记得这个性格别扭处处瑕疵的自己，是我的生命，叹息碎念翻白眼免不了，但别那么全面且坚定地扼掐自己，尽量运用当下的智慧、余裕，甚至慈悲，接纳这副德性，成全自己用最接近真实和健康的模样活着。尽量。

因为很难，每次能做到一点"尽量"，都有一种"我长大了，会自己吃饭饭了"的骄傲。感觉很好。

辑二

食膳日常

我非常喜欢这样吃一碗饭

为了寻求客观认证,询问朋友A我有什么地方讲究到近乎怪癖。A答没有,说比起她我原则上是个正常人。我可能问错人了,她可是那种浴室洗手台瓶罐一致标签向外等距五公分排列的人类,在还没养狗以前,甚至会在聊天的同时手持吸尘器搜索地面的头发,和她比起来我相当随和。

但她随即指出我的随和也有特别之处:可以一直吃同样的东西。认识十几年来我们如果一起吃过一百次饭,大概有八十次是鼎泰丰,这是我和她的可食范畴之间最大的集合,蛋炒饭尤其必点。想到蛋炒饭,终于理出头绪,因为无奈遭遇过太多失格料理,鼎泰丰的一成不变于是成为上天的慈佑。鼎泰丰的炒饭贵在直白:蛋和葱和油炒的饭。蛋不腥,葱都青,油香裹上饭粒之后米香还在,才有本钱直白。锅气不是多就好,身为白米爱好者我感谢所有善待米饭的餐厅,没力气自己张罗的时候,能在这些地方找到安慰。

偶尔吃到讲究的白饭,那是非常快乐。从前会艳羡日本米的滋味,近几年却觉得不必,全心爱上各种台湾本地米,在网络上四处探查各地方小农种植的品种,以近似挑选香氛蜡烛的心情,喜滋滋买进未来数月要吃的米款,读到"桃园3号""高雄147""七叶兰香米""台中籼10号"比读到"冬日森林"或"清晨的玫瑰"更感到魅惑。去年为了善待后天王星对冲的自己,终于收起学生时期购入的迷你大同①,买下价格震撼肝胆的厚釜电子锅,把煮饭当成重点节目来办。

所谓煮饭真的只是煮一锅饭,从辨析蒸氲的香气里哪里有芋头开始,等待电饭锅从稀里呼噜静下来,静过整个世纪那么久,终于在液晶面板上开始倒数掀盖时分。然后,"哔——",等到了。

拿饭匙沿锅壁切进饭块翻松的那一下,眼当一盆雪白无瑕,手感软糯,耳朵听见饭粒们在湿濡的宇宙里多方

---

① 指台湾大同公司生产的电饭锅。大同电饭锅因历史悠久、品质耐用、售价平实而深入各种收入阶层的用户家庭。

面沾黏同时多方面分离,几乎太烫的水汽簇拥米香迎面蒸扑,深吸一口,让上呼吸道在瞬间改道,通向心底,闻出至福的味道,只煮一锅饭才能发生的至福。要是同时分心滚着汤,顾着收汁上色,那一下只是龙套的到位。能安静煮一锅饭的时刻,人也暂时不再只是这个世界的龙套。

盛饭的瓷碗最好烧得很薄,薄而平浅,有利散热。米饭刚起锅那一下还不是最好,稍微在碗里晾过几分钟以后,温度才好入口,湿气也收掉一点,晶莹分明,不粘碗筷。

饭煮得好,尖头木筷最知道。两筷尖浅浅伸进饭里,几乎不使力就能抬起微开双唇正好入嘴的一口,太黏太干太散夹起来都费劲。尖头筷不好夹的饭,Q度肯定不对劲。偏好尖头木筷还有一点,唇舌的碰触面积小,就算碰到,木头质地的异体感最轻微,口腔全体正在享受食物的口感和香气那当下,忽然介入树脂的碰触太干扰,更别提不锈钢,辜负白米,辜负农夫,辜负太阳和地球,辜负自他曾经多少忙活才有这一刻想吃却不饿得只顾狼吞的闲定。

虽说平浅好散热,但品尝米饭不能用盘,碗才称手。饭一口口吃进嘴里,端碗的手逐渐轻快,为了方便夹取碗底的最后几口,持筷与持碗的两手彼此随时倾斜相就,三百六十度圜转无碍。薄碗细筷这时候特别显出细致的好处,饭食间要是聊起不好接的话题,筷尖在米粒上无声拣着拨着,还能不开口就说尽一肚子为难,拿的要是厚碗粗筷,谁不逼这硬铁汉子随时喊出吞进个明快果断呢。婉转一点吃饭喝水说话,肚肠好消化。

配菜不能夺主,荷包蛋淋酱油恰如其分。我的冰箱常备鸡蛋,为了吃得心理卫生多付出一点成本选择友善饲养的快乐蛋,不必操心质量。酱油却有点麻烦,为了吃得身体卫生也多付出一点成本选择天然酿造的酱油。天然酿造的酱油开封后无法室温存放,必须分装到细嘴酱油罐以后一起冷藏。不分装不行,这是流体动力学的问题:酱油从酱油罐的细嘴滴流出来的可控状态才叫淋,否则容易从玻璃瓶口一下汹涌而出,形成淹浸。

其实天然酱油不算太咸,荷包蛋遭受酱油淹浸在味觉上不是悲剧,但温度是。酱油是冰的,好生煎出了焦边的蛋浸在冰酱油里,太折堕[1]。酱油是来成全煎蛋、成全白饭、成全人心里有份幸福的,怎么好在最后一着淹毁整座长城。只好在煎蛋的时候多放半匙油,蛋起锅后再把余油浇上,淋滴酱油,冷热中和以后还能保住高于人体的温度,不让心凉。

---

[1] 来自粤语,"造孽"的意思。

我非常喜欢这样吃饭。用科技电饭锅煮优质台湾米，以耐高温的好油煎快乐蛋淋纯酿造酱油，称手的浅碗传来适口的温度，拿细筷使劲扯开焦脆的蛋边，夹一块到饭上，叉起下方的白饭做成完美的一口，一口接着一口，让配速成为最后到位的细节，串连出一碗精准的白饭。纯粹，和谐，益生。

但我没有一直这样吃饭。世界难得精准，而我不想离开这个世界。米饭扮演龙套的时刻，也是幸福，一张桌子能聚上几个乐意共餐的人，是更为庞杂的精准运作，是难以一己之力达成的和谐，是可遇不可求的益生，白饭可以稍等。要是容不下眼耳鼻舌身意的瓦全，哪里攒得出余裕自夸那条宁为玉碎的魂魄？所谓讲究，从但凡有一点余裕开始，有得遇见余裕相当的人，在餐桌上各自瓦全一点，共赏美玉，那别说八十次，就算终生只许鼎泰丰我也畅快入座。席间如果聊起白米，竟然与人聊得起，多么惊喜。我会开心，两倍的开心。

煮菜加糖有事吗

还是学生的时候,有次请德国朋友到住处吃饭。他见我炒米粉,立刻抓起纸笔说要学。我边煮边口白:"煸香菇,加肉丝,加洋葱,加菜,加水,加盐,加胡椒粉,加糖……""糖???"在我把砂糖撒进锅里的同时,那个巴伐利亚的体魄瞬间在我背后偾张起来:"你刚刚放糖进去?米粉不是咸的吗?放糖?!"

那是我第一次注意到煮菜加糖有事,但有事的不是我。台南人嘛,食物带点甜味是天经地义,即使不说外面的小吃,家里平日餐桌上也有各式加糖的菜色,不少耐煮的食材都能拿来"煮豆油糖",鱼圈煎香了再用酱油与糖略加红烧,收汁以后多么下饭;荫豉风味的菜色也可以带点甜,夏日中午最适合吃放凉的地瓜稀饭配荫豉腌嫩姜。

我上台北念书才初尝鱿鱼羹滋味，多了沙茶和九层塔香气，但是不甜，喝到一碗不甜的羹汤，顿时感到距离台南非常遥远。

有事的是不加糖的人吧？你们这些只会面包配香肠的德国人不懂才会大惊小怪啦。"这是为了增加滋味的深度。"我以教化外邦的威仪，编派出这个解释。大概是德国的民族烹饪信心向来不高，他居然买账，巴伐利亚体魄随即消风①，回归成德意志好学生形貌，在笔记写下"加糖一茶匙"，后面括号"使味道深奥"。我满以为促进文化输出，非常得意，那时真是不懂自大与无知只有一步之遥。

现在我充分明白，地球上煮菜不加糖的人口远远多于加糖的人口，却也不因此觉得自己有事。网络上有人试图考据台南食物为何偏甜，据说可能来自物资短缺时期的炫富风气。但我出生的时候，盐和糖已经是最平价的调味料，从小跟着大人吃刺瓜仔切片蘸糖、在白饭浇上咸甜咸甜的红葱肉臊，只是习惯而已。我就这样习惯了家乡是各种偏甜口味的记忆集合，其他台南人吃不吃甜不是重点，重点是我台南家里吃的菜有点甜，就这样。想通了这一点，也就不奇怪别人看我加糖很奇怪，每个家乡厨房加的

---

① 闽南语，意为：遇挫折而气馁，失去斗志。

东西不一样嘛,说不定普京他妈炒米粉的时候,洒的是伏特加。

因为想起那个德国人,我才发觉自己近来炒米粉都没加糖,而且完全想不起上一次加糖是什么时候,只记得每次都吃得心满意足,不觉少了甜味是种缺漏。果然,一道菜离开故乡久了,气味里自然要掺进他乡。这道理用来说人有点感伤,拿来说菜倒是合情合理,没什么痛痒。

凤梨酥这个人

如果凤梨酥是个人,可能会有自我认同的议题,可能会人到中年忽忽惘然,心理咨商谈来谈去最好的结果不过是得个认命,勉力按捺不平之气,接受余生如是的现实。

虽然名叫凤梨酥,打一出生却是冬瓜的内在,凤梨或有或无,只是提味,为求省事干脆添加人工香料的也有,奶香饼皮底下包着淡黄色的黏牙甜馅,就是这块饼最初到来的模样。世人这样吃,这样喜爱,这样认定凤梨酥的存在。直到有一天,不知哪里冒出来一批土凤梨酥,唧唧呱呱吵着叫大家看他手上的亲缘鉴定报告书,说他才是血液里流着纯凤梨的太子,包冬瓜的都是狸猫,从此,江山易主,荣华不复。

短短几年内,台湾的饼铺们纷纷为自家凤梨酥换血,就算还留着冬瓜，也必得掺上一把味带酸气的凤梨肉屑以兹正名，证明自己配得上原本的名字。就好像，本来那个受人喜爱的凤梨酥，忽然成了骗子。网络上至今还搜得到当年的新闻标题"凤梨酥是冬瓜做的！民众喷饭"，并且挂上"独家"二字，说得事情好像有人以劣油混充猪油来卖那么严重，但法院前不久才表示无法证实次油是劣油，无从咎责呢。只不过以冬瓜为馅的凤梨酥，真不知命带多少行星逆行，走的什么流年运，衰到这近乎灭族的地步。

名叫作凤梨酥一定要包凤梨吗？释迦掰开来可没有牟尼佛。人不怕外来诋毁，怕的是自我怀疑。就算放弃冬瓜的内馅，他也保不住从前凤梨酥的名了，当事人如果不捍卫自己的信念和精神，旁人能怎么认真看待他？连他本人都配合演出"包凤梨的才是凤梨酥"剧目，旁人自然逐渐淡忘本来的凤梨酥是什么面目。请别误以为这是什么存在主义的小确悲，拜托，狸猫和太子都出来了，这是场你死我活的宫斗，皇后杀了皇后，凤梨酥杀了凤梨酥！

吃了一辈子冬瓜馅，我没有办法中年转投新凤梨酥党。传统糕点吃的不就是情怀，难不成还吃字义吗？真要以字义为正义的话，连皮带叶直接把凤梨烤酥才叫一百分呢。其实身为旧人，我也不是不能接受凤梨内馅的崛起，人各有志饼各有料很合理，但这样打到冬瓜馅不敢大声讲话就伤感情。我在这整个中秋节促销档期里,南北往复间的徒步可达范围内,竟然遇不上半家以冬瓜馅为荣的饼铺;即使用了冬瓜,也得注明内含凤梨,甚至标示品种。普及率低落到这种程度,令我惊觉传统冬瓜馅凤梨酥的灭绝可能性,深感惆怅。

我是不知道发出这种支持传统糕饼口味的言论,会不会整个人看起来像有八十岁,但如果事态真的沦落到,只有去卖场货架上找工厂大量生产的平价凤梨酥,才避得开那些酸口又卡牙的凤梨果渣的话,不管他本人是否怀忧丧志,我都希望他能够明白,这一刻,有人真心为他感到稀微①,这一生,有人爱过他。以及,如果可以的话,请振作一下。最好是可以。

---

① 闽南语,意为:唏嘘、落寞。

三温糖是这世上美好的存在

早上走进厨房准备猫饭的时候,看到流理台上那包网购回来的三温糖。我一直没收,本来想先补满调味架上的糖罐再收,但是几餐下来没用到糖,就没记得要补,没补不想收,一包糖于是摆到现在。

补就补。三温糖比砂糖细,像浸过水汽的沙,从袋口流进玻璃罐里缓缓堆高的时候隐约传来糖香,此情此景相当顺毛。顺毛的意思是人身上那些向来摸不顺的毛,在盯着这糖沙倾泻的几秒间倒是软贴贴的。

我放回糖罐,收好糖包,再回到流理台前的时候,看到台上散着糖沙,刚刚撒出来的,很少很少,手指头扫拢来差不多一颗红豆的大小。顺势拈进嘴里,糖一下就化了。三温糖可取在香甜,但我贪图的是它细软易溶的质地，冷锅冷汤的时候好做事。果然，一入口香气和甜度都在第一时间完全释放，我的瞳孔可能像猫察觉飞鸟临窗那样，忽然放大又紧缩了一下。

三温糖真是这世上美好的存在啊，我心里这样感叹，感叹完以为接着会有什么顿悟的灵光闪过，却又没有。

不就是糖嘛，站在厨房里试图咏叹一搓糖几乎是农场文等级的矫情。我抹净台面，烘面包，煮咖啡。开始一天的日常。日常里的平淡才值得咏叹吧，但凡轻贱日常平淡的人，很快要在颠簸里重温这个教训。这话讲得像宣教，那种不信唯一真神最终要焚于地狱焰火的语气，因为每次都是挨了巴掌才出现这句话，我已经不记得究竟这是仙人的训示，还是我捂着脸上的火烫咬牙杜撰的降书。信仰无一不动人，但要弄懂信的是什么，终究得先回头明白自己。

吃过早餐开车出门，无意间听见胖子的民谣。真是好听啊，他的歌的好听有两层，每次听见总是因为胖子太可爱，手无寸铁就走进他的世界，猛然抬头才发现胖子厚实的胸腔振荡出来的北方辽阔里，全是困顿。我次次教训自己往后别再对这人的歌失了戒心，却没一次够警醒。勉强足以顺气的是，北方大陆的困顿听起来和南方岛屿的困顿同样吃人，算是生命一贯的公平。

人特别觉得胖子的民谣好听的日子，不能不老老实实对三温糖怀抱敬意。三温糖是制糖程序里的副产品，人拿甘蔗主要炼的是砂糖，取走砂糖以后剩余的那些糖液，再度加热取得结晶，最后成为三温糖。三是再三的意思，据说那段高温取得结晶的程序，得反复操作三次。人常觉得自己折腾过一次就要没命，取不取得出什么还不知道，实在没有小觑三温糖的立场。剩余的糖液熬煮过三次以后，能够结晶成缓解片刻冷肃的香甜，人熬煮过三次以后要是小命还在，多半只想往杯里加三倍的糖。

也许加叹一句，三温糖真是这世上美好的存在。就这样，句点。

斯文的起司

前不久我与室友陈小姐到美式卖场买起司。寒舍早餐有三宝：起司、酸瓜、夹面包。起司吃完了就到卖场补货，买的向来是固定几款预先切成薄片的包装，方便身心灵繁忙的都会人士开封即食不必动刀，是习惯性的采买。但那一天，可能因为太阳黑子爆炸正好抵达我的前额叶还是怎么，我在冷藏柜前忽然瞥见一款陌生牌子，也是切片的方便包，顿时心生喜悦，抓在手上问陈小姐说："要不要试试新口味？"

她欣然同意。所谓共业。

把新买的起司夹进面包里，咬下第一口的瞬间，我心底响起一首歌："是谁住在深海的牛胃袋里？"新起司的滋味相当惊人，我的理智第一时间试图为这个气味找出可能的原因。起司制成需要牛胃里的凝乳酵素,会不会这一款加的根本是牛胃酸?这味道实在太……洋派,我的亚洲味蕾没办法。我抬头看向陈小姐,她两只眼睛已经举在那里等我,面色凝重。她也发现出事了。

我们在对眼的瞬间,交换了认命与承担的共识,起司一包二百九,丢掉会让雷公不高兴。我以医治死马的心情,把面包里吃剩的一小片起司放进烤箱,意外发现端出来的竟是活马。两人以啮齿类进食的姿态再三确认,虽然烤过不算很好吃但是可以吃以后,终于轻松起来,恢复家常对话的兴致。

"没想到它看起来白净无害,味道竟然是这样。"

"所以说长得斯文的未必是好东西。"

"唉,真是看不出来。"人能风风凉凉压着法令纹说些损人利己的闲话,心头那个写意真是延年益寿。

第二天早上我以贵妇卖冰箱的流畅将起司放进烤箱,接着发现一个科学问题:用十分钟把一小片起司哔嗞哔嗞烤成脆片,以及,用十分钟把两大片起司哔嗞哔嗞烤成脆片,有什么不同?答案是量的不同。而在一般民宅中,我们首先观察到的量,则是动物性油脂经高温气化而成的油烟体积大小不同。陈小姐走进厨房前,我已经感受到她能量场里的惊愕,我还没来得及转身面对她,就听见啵一声，起司的热油溅上烤箱的发热管，闪出一簇火花，随后冒出一团白烟。

里长你不能死。小烤箱名叫里长，因为是住户摸彩活动抽中的里长捐赠奖项。里长这些年来不知经手过多少食物，便利可靠好央尬①，我们对它是有真情有真爱。我抢上去关掉电源，开窗透气，闷脸拿出起司夹面包，陈小姐静默见证，也没话好说。我们又回到忧闷对坐吃早餐的原点，重新审视臭起司的处置对策。

"……我等下还要擦里长，希望没烧坏。"叹气。

"我刚才被那个油烟吓到，怎么那么臭。"叹气。

"我看算了，唉，两百九十块。"

"咦，两百九十而已吗？我以为三百多！"

"而且它留在烤箱里面的油味还是很恐怖！"是谁住在深海的牛胃袋里。

不过是四五十元的差额，陈小姐如释重负的程度仿佛这三字头降到二字头的数字是房价，但我没打算追究她的门槛架立在什么价值基础，一想到可能每天都要擦里长，我已彻底摆脱对雷公的畏惧，决定采取怦然心动的冰箱整理魔法，这会儿能够获得陈小姐事先的赞同，自然再好不过。

---

① 闽南语，意思是"差遣，做事"。

人一旦能够放过自己，全世界都会联合起来支持你，我把依然斯文白净的起司丢进厨余桶，盖回巨型塑料盖的那个声响，像极了在赞我"correct"。毅然违抗食物道德制约，做出尊重自我喜好的决定，令我感到正确与骄傲，觉得在做自己这条路上果然有了进展。

一直到前几天，我忽然想起，那个卖场之所以年费那么贵，就是因为，它有，全额，退款，保证。

唉，全额又怎样，木已成舟，酪已成喷，我已做了自己。我唯一剩下的，只有把这个事实告诉陈小姐。做自己如果可以免费，谁想要花两百九？但是既然花了，同样的两百九做两个自己，终归是比只做一个划算。

切勿轻易相信看起来斯文无害很合理的东西。

生命中的粉浆蛋饼

非常偶尔,我会忽然想念起粉浆蛋饼。我的粉浆蛋饼启蒙在高雄,租屋处往学校的路上,有个骑楼早餐摊,满满一铁桶的粉浆就放在地上,老板娘拿大勺子舀浆水上锅面的时候,像在卖弄悬浮液体的表面张力与离心力协同作用,但是那条抛物线路径只是序幕,重点在于粉浆落入热锅热油的那声"唰"。买粉浆蛋饼的乐趣就在这里,"唰"完以后"哔吱哔吱",浆水外圈流散成不规则的圆形,面糊外缘被热油炸出怪形怪状的触手,那是起锅后整个蛋饼最致癌、最香脆的地方,是蛋糕上的草莓,是皇冠中央那颗钻石。要写情书给我的人可以考虑"你是我生命中的粉浆蛋饼脆边"这个句子,我会感到深受珍视。

我曾经想过要回高雄再吃它一回,但却无论如何记不起当年租屋处,无法推算当时都是走在哪条路上,才得以遇见那早餐摊。读书时期的租屋不以学年也以学期计算,我竟然能忘了住过半年一年的地方,却还记得那张蛋饼,也不知是当时住宿生活太不上心,还是蛋饼真的带给我太大的安慰。

是有多好吃?饼身软乎带着焦边,半煎半炸的蛋汁有嫩有酥,淋上店家自己熬的酱油膏,一口糊,一口脆,咬到蛋里的葱花时,是新鲜的脆甜。是啦,说到底也不过是张蛋饼,又不是吃了能飞,有一家能做,就一定有另一家会做。几年来我抱着这样的希望,南南北北试过几家据说相当厉害的粉浆蛋饼,却一直没有找到真正满意的。

总是有点瑕疵,网络盛传的那家面糊太厚,蛋面比例刚好的那家色拉油黏黏的有点可疑,最靠近我的那家油烟厚重得夸张,要下定即使肺癌也要吃饼的决心才能抬脚走进去。从来没有任何一家早餐店能够复制出我记忆中的原型。最近一次又想起粉浆蛋饼的时候,忽然觉得不太合理,再说几百次也到底不过是张蛋饼啊,怎么可能全世界只有那一家好吃?会不会是我脑中的原型出了什么问题?

我掐指推算,问题大概出在联结。蛋饼总是联结着我每一天生产力的开端,从前联结上学,后来联结上班。而粉浆蛋饼登场的时候,是我成年的开始,学校里有聪慧的老师，有知心的同学，有恋慕的对象，而我刚刚长成一个女人，对模糊的未来怀抱着确切的希望。每天吃完那张蛋饼，我就开始这样的一天，这个原型的设定相对无菌无臭。后来再吃的蛋饼，联结的就是婆婆了，有迟到一分钟扣五十的打卡，还有键完整页数据却宕机的微软窗口。差堪可忍，几乎不能忍但是忍了不会死的世界。

所以我再吃不到无穷美好的粉浆蛋饼，要怪的可能是自己，是我把这个传送门的出口从"救国团"康乐营移到美国海豹部队[①]去了。"生命中的粉浆蛋饼"什么的还是别当成情话对我说吧，听起来相当过去式，感桑。

[①] 指美国海军海豹部队，直属美国海军的一支特种部队，亦是世界知名的特种三栖部队。

小苹果与市内人

偶尔会听到嘲笑"台北俗"的农村逸闻。据说,发育过小、卖相欠佳的苹果,集中以后就会送往台北,因为只有台北人特别愿意以恢宏大方的价格,赏识这些"樱桃苹果"的娇小别致。"其实哪有这款品种啦,拢嘛骗台北仔的!①"乡亲带着笑意告诉我这件事。

有一次,我忽然馋起糯米玉米来,在台北几个惯去的市场来来去去探了几个礼拜,怎么也找不到。回台南抱怨这事的时候,堂上双亲态度风凉,说是生吃都不够,哪里有得晒干,"谁教你要住台北(呵呵)"。"呵呵"两字没发音,他们以细微的颜面肌肉抬升来表示。

在都会人追逐餐厅名单上与腰腹间的米其林的同时,

---
① 闽南语,意为:都是骗台北人的!

乡下人也没有少过自诩"知影俏呷①""会晓呷②"。农村对于蔬果的品评非常严苛,甜度只是基本条件,甜酸的比例、香气的特性、口感的粗细、汁水的控制、皮相的美丑、用药的有无,都是农民明里讨论暗里计较的项目。路上随便找个人,可能都说得出在后院种植番石榴的心得,甚至独门秘技。这是农村版本的往来无白丁,大家都懂一点,都吃得出好坏,都熟悉蔬果的性价比,余暇时嘲笑市内人不懂个中巧妙,是乡下人在城乡差距的挫败感里,少数感到扳回一城的时候。

然而,市内人未必觉得输,有些人不差那一城。并不是都会不喜欢糯米玉米,而是都会里有太多其他精巧的东西可以吃、事情可以忙、对象可以玩。肚腹已满,玉米随缘,苹果小颗反而好。人富足够久以后,精神里的欠乏会渐渐淡去,慢慢地见山又是山,看着别人有不会想到自己没有,看着苹果小不必担心胃袋填不饱。花钱买颗迷你苹果图它可爱,市内人很可以,而这些市内人,也不介意被称作"都市俗",懂与不懂,吃过与没吃过,只是他要与不要的问题而已。

会介意的人,和总是想要用同样的十块钱买到最大

---

① 闽南语,意为:知道吃什么东西。
② 闽南语,意为:懂得吃。

苹果的人，未必住在市内。到哪里都有精神浸润在匮乏里的人，也都有在余裕里安乐自在的人。乡下人未必全都艳羡都会，生活在一个走几步路就能独享整片天空的地方，不少人还真没什么可计较的。要说是安贫守乐也不尽贴切，他们过着"倘好过就好"的日子其实没怎么想起那个贫字。城乡的确存在差异，但差距却在人心，无论是在繁华都市，还是俭朴乡间，嫉妒人家有什么，嘲笑别人没什么，只是把自己往贫穷里推陷。

有些笑话不耐笑，徒增唏嘘。

美食街没有美食

不久前开车南下，中途忽然人烦心累肚子饿，所以在休息站的美食街点了一份蛋包饭。那餐饭让我对人性失去信任。人在仰赖蛋包饭带来安慰的心理状态下，发现蛋包饭里的茄汁炒饭被置换成难以名状的类白饭，会发生什么事你们知道吗？

会精神创伤。

不是白饭，是类白饭，因为说不上来炒过没有。要说炒过，那饭毫无油香；要说没炒过，光是想象厨师特意把那些不知名不知味的绿色屑细拌进白饭里的画面，我的额头就给心火熬出一层油。为什么要这样？蛋包饭可以不包茄汁炒饭吗？蛋包饭就是要包茄汁炒饭啊，不然去问外宿生！去问家庭主妇！（但不用问我妈，谢谢。）我伴随着内心冲突吃完那盘饭,一边想着毕竟农人耕种不容易,鸡被养来生蛋也是诸多委屈,另一边哀叹厨师的烹饪道德低落,为什么却要用我的环保良心来偿还。骗子!拍郎[①]!抓去关!

大约是在咬到那块明显只浸过一点盐水的常温小黄瓜时,味觉的错愕让我冷静下来。不,没人骗我。从法律的角度来看,并没有明文规定蛋包饭的构成元素,店家在广告牌上也没有特别承诺要用哪门子蛋包哪门子饭,这趟交易的确从头到尾没人失信。是我自己一看到橱窗里椭圆形的蛋包模型,随即联想到"好吃的蛋包饭",想起大阪北极星,想起西门町美观园,和从前学校后门刨冰店卖的蛋包饭,每一盘都甜甜酸酸香香饱饱的,所以万万意料不到,店家光明正大展示的食物模型可以是"披着蛋皮的不明饭食"。我是自己骗了自己,那食店没有骗我,人家算准了来客会带着自己的美好想象上门来点餐。他聪明,我失望,但没人违法,警察不会来抓他。

说起来,台湾的美食街有种性格,像人。那种人特别开朗热络,说自己和各路关系人士都熟,打个电话就能帮你谋事谋财谋方便,时间久了才发现,到头来是你要为他挡事挡财挡方便。沾上这种人一开始会铭谢万能的天神,

---

[①] 闽南语,意思是"坏人"。

居然派来这样一个神灯里的精灵。放他出来摆弄几道空气以后,才后悔没事搓那油壶干吗,要麻烦我自己找就好了,哪里需要经过这样一个骗子。

要挡饿的话,我自备无调味坚果就好了,哪里需要费事让美食街教训我,食物的原始功能只是"呷止饥①欸"。虽然号称美食街,这些地方供应的多半是各种风味的"呷止饥"。好比,橱窗里的泰式咖喱看起来很好吃,实际上是泰式咖喱风味的"呷止饥";而橱窗里看起来很好吃的蛋包饭,也只是一份看起来像蛋包饭的"呷止饥"。反正投身美食街的网罗,就是呷一咧止饥欸niaˇniaˊ啦②,哎哟我的额油又冒出来。

无奈的是,知道教训是一回事,人生路迢,难免有特别想要相信神灯的意志彷徨时,也会有特别渴望一餐美味咸食的肚腹空虚时,才会不论南北东西,都有自诩能人的渣人,和自称美食的歹食,经营得风生水起。二者的制胜关键都在于有模有样,渣人懂一点能人的进退仪态,歹食懂一点美食的形状味道,然后等着像我这样,一时肚腹空虚却又脑补发达的人,自己走进业报成熟的那一刻就可以。

---

① 闽南语,意为:吃东西来填饱肚子。
② 闽南语,意为:吃点东西填饱肚子而已啦。

千金难买早知道就吃茶叶蛋。

不过,既然想起各种渣人渣事,披着蛋皮的伪蛋包饭相对来说其实非常纯良,反而没什么好气的了。

市场边的卖菜大姐

我对淡水竹围菜市场里的卖菜大姐们忽然生出兴趣，不是正规菜摊上的那种老板娘，而是以寄生形态依附着市场的迷你业余小菜贩，专卖一些自家菜园种的粗生果菜，多数长得弯弯曲曲，和我老家院子里的一样。很难决定这些人到底要叫阿桑①还是大姐，说实话，我第一反应是想叫阿桑，但日子要是只问真实不求矫情的话还能过吗？人家见我都能慈慈蔼蔼叫妹妹，我没什么不能叫大姐的。

本来我买菜一向讲求快狠准，不太留意这些大姐。太阳晒得那么狠，黑斑冒得那么快，我的青春美貌如果还有残留，总是希望额度可以用在风景比较开扬优美的地方。为了尽量一次买足一周分量的根茎蔬果，我的眼里只有万

---

① 大婶、大妈。泛指中老年妇女。

菜具备的大型蔬果摊,手刀进手刀出,偶尔遇见店狗店猫会蹲下来聊两句,随即又安德烈依把依把①离开菜市场。

直到有一天,在脸书上看到朋友说她独钟这些大姐卖的菜,我的买菜智慧才终于晋级。像我这样需要撑足一周的蔬果库存,当然应该优先购入这些当日现采现卖的蔬果,争取多一天两天的鲜脆营养,要是幸运遇上带根带土的叶菜,更是可以肆无忌惮冰上三四天。自此我就像宝可梦过了二十级,开了天眼,终于看得见这些可贵的流动卖菜大姐们。

市场里的大姐们有些以单数形态出现,有些是复数,越早上市场,遇到的越多。全联与土地公庙夹着的那条小巷里,有几个我特别喜欢光顾,当然也私下取了名,方便我暗中发展单方面的情意。土地公庙的入口正前方有一个石花姐,穿着黑色塑料拖鞋蹲坐在小凳上,连摊都没有,只在地上随便铺着零星的几把空心菜、地瓜叶、南瓜之类,很能说话。走进她的业务范围内,就像站在感应过度灵敏的超商大门,会不断听见语音重复播放:"这个我们

---

① 1956年第28届奥斯卡动画短片奖获奖作品《飞毛腿冈萨雷斯》(Speedy Gonzales)中的台词。该动画片讲述墨西哥边境线上老鼠敢死队与邪恶的西尔威斯特猫之间精彩刺激的奶酪攻防战。主角冈萨雷斯被称为墨西哥速度最快的老鼠,它在飞速奔跑的时候口中会念着"安德烈依把依把"。

种来自己吃的,都没有农药,不用洗很久,这很好的菜,都没有农药,不用洗很久,你不用洗很久,啊要不要吃石花冻?丝瓜要不要?这个南瓜要不要?"石花冻是她的固定商品,有甜的,啊也有不甜的啦。我已经记得她的销售台词与话术,每一次她要眨着靴猫眼再三确认,我是真的不买我没买的项目,我也只好每一次都拿出真感情来道歉,说我真的不吃石花冻。以拒绝作为转身前的最后一句话,一直是我觉得相当严重的人际断裂,有幸在菜市场遇见她,让我可以无痛进行减敏练习。

石花姐身旁几步路就是琥珀姐的菜摊,我非得过去看看有没有秋葵、茄子好买。大姐们的商品种类非常重复,主要是适合业余菜园种植的蔬果也就那几款。空心菜、地瓜叶容易吃腻,能买到一点颜色不同或口感涎滑的菜,心里往往能添一分营养学的侥幸感。琥珀姐属于复数的大姐菜摊,她的名字由来就是因为身边经常有个珍珠姐,读过《观世音菩萨普门品》的人都知道,珍珠隔壁就是琥珀。

珍珠姐永远戴着白闪闪的珍珠项链,有时候戴着口罩,有时候戴帽子,每次都坐在琥珀姐后面自顾自说着各种闲话,菜摊生意显然不关她的事。本来吸引我目光的人是她,但前几个礼拜我在摊上买长豆的时候,听见珍珠问琥珀晚点要不要一起去吃午餐,琥珀说她带了便当,站我身边的师奶顾客顺口赞她"有够俭",琥珀居然接了句"㤆鬼兼杂念①"。我一听觉得她才是冷面哏王,说起话来生动鲜明还押韵,立刻要求她复述一次我好记住。在场几个大姐眼看有后生求教闽南语,五口十舌解释起来,我因为起了头也不好意思不搭上去,顿时摊内摊外活力四射、祥瑞万状,砗磲、玛瑙、珊瑚、琥珀、珍珠等宝全凑齐了。故事性强大,就是复数的威力。

整个竹围市场里面,剧情最感动我的复数,是屈臣氏对面的竹笋姐与竹笋兄。有笋的季节他们就卖笋,其他的项目则是随菜园供货而定的不可预期。我买过常见的粗梗空心菜,也遇到过罕见的金针花,拿来用姜丝、麻油炒鸡蛋很下饭。摊子基本上由竹笋姐主持,她周身散发着沙场主帅的气势,每一次我问竹笋苦不苦,她都会以沙哑的声线外加丹田之力提出保证:"不会苦!你来跟我买东西,我怎么会给你吃苦!""这包啦!马偕的护士叫我留给她又不来拿!这包两百给你啦,好不好?啊这个九层塔早上采的,随便卖啦!"我十次有八次会要,没什么特别原因的话,尽量不想忤逆她,这世上难得有人承诺不让我吃苦,不求得遇,必须好好珍惜。当然,也不排除是因为她的摊位就在车辆川流的马路边,我退一步就是粉身碎骨,

---

① 闽南语,意为:小气吝啬又爱碎碎念。

所以潜意识带领着我向她靠拢，或者叫我快点买断离场以求长生。

竹笋兄坐在旁边扮演人体收款机的角色。竹笋姐被问到"这样总共多少"的时候，会一边试图以口语计数，一边"欸，欸，欸"，看向旁边的竹笋兄。她也不是没有看向我过，但很快就知道不济事。竹笋兄在主帅身边看起来温温弱弱，但是算起菜钱来稳若诸葛，夫妻二人四手找好零钱收妥钞票，他再拿起脚边一大片瓦楞纸，上面是整列大小接近18级20级的手写数字，把刚才的交易金额接续着写上去，进行一个师爷记账的动作。看着那串歪斜的手写数字，我常常希望他们待会儿舍得买块好肉回家吃。

巡遍大姐们以后，我才肯回到正规菜摊上去，买些专业菜农供应的香菇、玉米、高丽菜，补满冰箱的剩余空位。正眼看过她们指缝里的泥土，和成交时的业余式欣喜以后，我很难不心软。即使明知道其中有些很可能是儿孙气急败坏反对她们出门劳动的高龄大姐，我还是想要在烈日下寻找她们，买回她们带着期待种下的青菜，递出在她们眼中附着特别多满足的五十或一百，听两句逻辑可疑却入耳入心的菜市发言，逢场姐妹各自开心。这大概是我近来体验到，最为买卖互益的市场供需实例。

新两次

在外面吃饭的时候,很怕看到新置的摊车或不锈钢架没撕膜,整餐饭都要烦恼店主究竟知不知道,日子久了那层膜再也撕不下来。

他们如果知道就算了,怕的是不知道。

有些人以为只要客气着用,东西就能一直新下去。买台摊车不便宜吧,为了保全新财产无痕无伤,他们愿意在新购的几年内,按捺视觉上的突兀,留着那层白面黑底的胶膜,承接各种原本该以不锈钢面耐受的水火冲击。年深月久,热源区域长出浮凸的气泡,踢脚处也染上各种色阶的灰褐水渍。边角卷起,失去黏性,像希望里的悲观,计划里的风险,群体里的个体意志,乳房摄影里的不明阴影。抹布来回擦过的时候,唰唰,唰唰。我其实没听见,却每一次都觉得听见,店主在掌心感受到的阻力,也仿佛透过神奇虫洞,从他的手臂神经传进我的大脑里。

"以后撕下来跟新的一样",为了以后还能新,现在不敢明目张胆新。人对未来的崭新无瑕怀抱信心时,对当下的妥协特别理所当然。他们以为那张胶膜和自己一样堪折耐磨,直到终于看见胶膜龟裂残破得碍眼,想要撕下来终于迎向全新未来时,才发现未来早在他们还舍不得认真让它来的时候,暧暧昧昧来完了。风化过后的胶膜,边角依然卷着轻佻,但原本等着撕离的本心早已质变,僵脆的皮面一扯就破,破口里露出的不是光洁如新的无痕钢板,而是万古不化的泛黄残胶,巴在摊车身上,幽幽哼着黄乙玲。坚心欲甲你作伴,天涯海角,我是你的胶。

以为可以新两次,结果从头到尾没新过。要是一开始痛快撕掉胶膜,把闪亮亮的新摊车用成旧摊车,人情岁月共行一段而旧,那旧只是寻常的旧;但是,在最能华美的时候舍不得华美,怯怯懦懦不能尽情,手里的不敢抓实,冀望的终究破灭,那种旧特别残,那种心情特别老。虚晃的便宜,有时候很贵,最呕是,那便宜从头到尾都是自己的误会,这个宇宙从来没有允诺过什么东西可以新两次。

我怕他们不知道这回事。

也怕他们知道这回事,但无所谓。

最怕的是，他们不知道这回事，到那份上却还是无所谓，这样我就难以判定，出问题的是无所谓的他们，还是自己的事忧虑不完，却要为陌生人忧虑的我。

这种店里，想吃碗普通汤面不容易。

辑三

肉身日常

呱元呱点呱呱呱

前不久到市区去上课，一大早特别渴望咖啡因，所幸教室楼下就有得买。结账的时候忽然心念一动，把久未使用的会员储值卡拿出来确认余额，看到机器读出来的结果是0元，我感到非常轻松，打算此后可以不再理会这张卡。当我抽出钞票，要以现金支付的时候，马尾正青春的店员却迟迟没有接手，双眼诚挚，朱唇轻启。我顿时领会她要说什么，一股自投罗网的蠢感从天灵盖灌下来，我是自己挖了一个坑，没得转圜，只能捏着那两百块钱听她说完。

"你要不要先把钱储值在卡片里，再用卡片支付？这样就可以累计点数喔！而且你不用一次储值一千，你可以储值这杯咖啡的呱呱元就好，这样你再用卡片来扣，这次就可以有呱呱点了，以后消费只要满呱呱元，就可以获得呱呱点,只要集满呱呱点,就可以呱呱呱呱……"

后面我不知道她说了什么,因为我已经当场肉身坐化了,我人是双脚与肩同宽站在柜台前面,但是魂魄距离肉体相当遥远,远到我觉得自己应该是坐化了没错。我飘到对流层左右的高度,看着滚滚红尘里的我和她,心里只有一个疑问:为什么?为什么一大早要叫我算数学?

这世上有些锅子不沾肉,有些政客不沾错,有些人脑天生沾不住数字,对啦就我。她说的话,文法和词汇我都听得懂,但是数字这东西,无论是从耳朵还是从眼睛进来的,在我脑袋里面的意义和鸭子叫差不多。对某些人来说,对啦还是我,算数学不是碗端起来就可以扒饭这样的事情,算数学是深吸一口气之后抓着长竿助跑上去跳高,要用上决心和斗志的,要消耗生命动能的。

我从来不敢回头去问那些教会我数学的老师们后来心血管状况如何,是,我初中有毕业,各种考试成绩还算可以,但数学不就是这样用在人生刀口上的吗?事分轻重缓急,全台各大卖场会把卫生棉一片平均几元明示在价格标牌上,就是在告诉我们人没事不需要惊动脑细胞去做无谓的计算。店员好意指引我知道,但一大早我实在不想这样操劳。

我神游一圈她也差不多讲完,问我要不要,我说好。

这种无关痛痒的事情，说好是最容易结束一个回合的方法，人要忠于自己是一回事，要费劲说明自己不是对方以为的那个人又是另一回事。说不，也是一种撑竿跳，跳高跳低都要气力。老身人没睡饱，还没喝到咖啡，没那个力算数学，没那个气真心交陪①。我愿意为了省事拿到咖啡，扮几分钟乐于集点的顾客，那一刻的人生目标相当明确，就算要扮排在后面那个男孩的妈我也可以。

第二天，我过马路到对面的便利店买咖啡。

---

① 闽南语，"应酬"的意思。

完整的身世

我在考虑要不要捏造一篇完整的身世,专门用来应付问太多的陌生人,尤其是第一次见面就跳过"江小姐"阶段,直接以名字相称的各种服务业专业人士。

要对知情的人解释我是作家,已经够别扭,跟不知情的人实在不需要性命相交。为了合理交代我如何能在一般人上班时间出现在服务业地盘,免不了要招认从事自由业,而且是带着计算机就能工作的类型。如果要衔接我德文系的出身,自由译者大概最合乎逻辑,而且只接商业文件,不碰出版。前不久回答某个业务人员我是文字工作者,下一题接着就是有没有出过书,我反问他如果出过书是不是多打一折,他听了只是呵呵笑。

然后我要生过小孩。前不久好不容易约了一次SPA,

相熟的美容师居然已经离职,初次见面的新人一见我就赞瘦,谁知道浴袍脱下来,她立即改口:"哦有肚子,生过小孩了齁?"所以我生过。一男一女,十六岁跟十五岁。孩子的爸爸吗?生完妹妹就离了,我不想谈他,人家已经再婚了。这个婚一定要结过,后来离掉没关系,结过婚证明我结得掉就能挡掉后续八十个质疑,至于另结新欢的前夫,反而人人觉得寻常,不会追究。妻子本身条件不好、条件太好,都可以是丈夫必须求去的理由。

孩子们呢,虽然都是中学生的年纪,但是都不爱读书。老大喜欢唱歌,平时在家里会突如其来张嘴练嗓,半夜唱得还比白天大声,我好怕邻居来敲门抗议。而且现在的小孩子说不得,讲几句就影响母子关系,我儿子又特别聪明,妈妈根本讲不赢。妹妹也有她自己的兴趣,喜欢短跑,还是跨栏?反正就是那种跑一跑要跳过障碍物继续跑的,我老是记不住那个名称。她虽然小小一只,但是飞起来好像猎豹那样,很有爆发力哦,她以后可以读体育系,去当体育老师啦。我最担心她的就是挑嘴,弄什么给她都吃两口就不要了,瘦得像条蛇,人家看我这个妈妈一身肉,搞不好怀疑不是亲生的。哎呀,养小孩就是这样,讲什么到后来都会讲到他们身上去。你也是齁,呵呵。

诸如此类。最叫人着道的虚假,向来精心穿插着各种真实。我对这男女二猫的操烦真心像个妈，说出来该有七八分像样，足以让听者安心继续帮我洗头，或甩正我外突的颈椎，不必停下来帮我打上聚光灯问真假了吧？这样不算过分吧？投向专业服务人员寻求疗愈的时候，我真的不想面对人生的现实其实比谎言浮夸，只想要他们把力气全都用来推散我的气结和淋巴啊！

SPA里的生化人

做SPA的时候,特别感觉到自己果然是生化的动物。不是做脸,是背部舒压。我如今对容貌的投资动机远远不及肩颈腰腿,毕竟面容唐突的是他人,身体拖累的是自己,要紧程度有别;也不是魔鬼生化人那种半机械半肉体的生化,而是课堂上那种一细胞一世界,不昧于人形表象,倒看你是一团团巨型分子块的那种生物化学。

美容老师一按上来我就觉得安慰,好好啊!我只记得那条歪腰需要照顾,但老师之所以为老师,就是因为她们明白众生平日屈郁的不只是腰。她抹上按摩油的双掌在背上缓缓推行的速度,让我想起英国女王的座车驶过夹道群众的画面,我在电视剧里看到英女王刚加冕不久就去了澳洲宣示性绕境,巡回各大城市,与她在世界尽头的子民们见面三分情。我觉得老师的手就像我聘来的代理女王,帮我抚慰那些久不得闻问的皮肉细胞群。平日我默默做人,它们静静撑住里子和面子,老师的手一巡过去却全都喧腾起来:"啊你来了,你来对我们微笑挥手了,你终于看见我们了!"

老师知道皮肉之间哪里藏着最多夜半垂泪的苦主,她们经过肩胛骨旁几条筋的时候,会特意咕笃咕笃多拨几下,不痛,刚好就是"我知道你这里辛苦,乖,拍拍"的程度。和武侠派推拿师傅以按出哀号为己任的风格大不相同,这种带点疏离的关切我很是受用,肩背松软,心里舒快。

这就是特别自觉生化的那一瞬。那一瞬间我的头嵌在按摩床的脸洞里,闭着眼睛瞪着黑暗,脑袋在想,为什么她的手按着我的背,却安慰到心里来?她的手掌贴着肉往下压,理论上先碰到的该是我最外层的皮肤细胞膜。我最后一堂生物课是初中上的,头发卷卷的生物老师在黑板上画下细胞膜、细胞质、细胞核三个组成要素,我记得一清二楚,因为她说植物才有细胞壁和叶绿素,我深感怅然,怎么动物还输给植物,少了两个。后来有了网络我才知道没输,动物细胞可复杂了,里面有名字很长的蛋白质,而且带电,会发信息。

美容老师双手推过来的时候，我仿佛看到那些面向人间风景第一排的细胞们，肩靠着肩雀跃起来，纷纷发出"痛已查获勿念"的电报，穿过一排接着一排的层层细胞，正负电子连绵传递，把信息回送到管理中枢，唰唰唰唰穿过脑膜的瞬间，被大脑逐一转译成"好疗愈""好疗愈""好疗愈"，逐一没入温暖的灰白脑浆之中，再由中央向四肢百骸放送"我心释然"的指令。如果这个时候我打开喉咙，发出的声音大概不成字句，只能是长长的叹息。

在SPA小房间里自导自演这些生化情节，令我在肉体与意象上获得双重层次的充电。但偶尔，不知道是因为都会行走间吃到什么招数，还是美容老师的手技高明，我竟会在代理女王开始巡回不久后，就领着全身细胞恍惚睡去，醒来不知魏晋，迷糊间只确定自己仍然是运作着新陈代谢的有机体，因为肚子饿。那种结果也是好的，想吃是活着的第一步，这钱不算白花。

免费健检

保险公司寄来一张健检通知单,很简单的那种验血验尿X光,背面是一串特约医疗院所的名单,有大有小。最近的一家是个地方诊所,车程大约十分钟,但我花了两个多月的时间才去到。头脑说"去看看各种指数也好",但是脚说"我懒"。"难得免费,就近做做嘛!""免费了不起吗?"内在双方这样反复聊个没完,为了实践人权文明,我向来不愿逼迫任何一方接受任何单方坚称的共识,就这样花了两个月。在双脚终于点头的那个晚上,我决定隔天一早直接去把血抽了,这种阳春健检应该不必预约吧,反正通知单上写着空腹八小时,谁早上起床不是空腹八小时的状态?简单。

诊所柜台的护理师表情和妆一样淡,问我:"你有空腹八小时吗？"

"有。"我没淡输她，这种竞赛我连不想比的时候都会拿名次。

"有喝水吗？"

"……有。"失算，我忘记空腹也要禁水。

"喝了多少？"

"一点点而已……"一马克杯算一点点吧？我为了逃避另一次十分钟车程竟然撒谎，但她脸上已经有光，那种我和她都知道局势已定的光。

"这样数字不准喔～"她递回通知单，我被结束这个回合。

头脑和双脚又聊了一个月左右之后，我饿着肚子渴着喉咙再度回到柜台前。淡妆护理师让我把通知单递给另一个稍见年长的护理师，那种我在大医院抽血的时候会特地去排她的队的那种，快狠准的熟手。她真的快狠准，叫我站上身高体重计的同时，也把身份证塞到我手上还给我，必须同时收证脱鞋放低包包令我的小脑负荷过载，站上磅秤时哐啷一声差点跌下来，但阿长（我觉得她去到哪里都能当阿长）已经报出我的体重："体重55.5啊不是等一下喔等一下喔是57.5。"写出这种句子我还得担心编辑索讨标点符号，她可是嚷得中气十足。

免费健检　101

抽血也以光速完成。照常理说，她既然能趁着抽出一管血的期间，解释取尿的要点，交代抽过血可以进食饮水，并且在任何空当之间哼歌，那起码有个十几秒吧，但在她面前，我陷入一种非关爱情的高速旋转，又或许那个抽血室其实是个虫洞，因为一切仿佛都在我眨眼之间就结束了，下一次张眼的时候，淡妆护理师已经递来一件病人服，让我换掉自己上身的衣物，进X光室找她。我抖开淡蓝色的病人服，看到领口内侧一圈褐黄，内心一沉。只要凑近鼻子闻闻，就能确认衣服到底洗过没有，但综观全局，我深知在那当口确认这种细节对于人生光明面一点帮助也没有，闭上双眼深吸一口气就套上了。诸如头洗一半的话也不用多说，人活着不就是为了把头剃完而已，区区一圈油领。

区区一圈看似沾过八百壮士后颈油的衣领。如果可以理解衣服没洗的原因，我心里的创伤可能比较容易过去，躺在床上等着做心电图的时候，我问淡妆护理师："这里常常有人来做健检吗？"如果生意不好，削减洗衣预算的确是可能的做法。"有时候也会有。"这六个字真是高明，不肯定也不否定，答了却也没答，而且顺便告诉我她没兴趣聊天，我从来没想过话可以这样应。在精神创伤发生的同时，意外捡到武林秘籍，令我心情相当复杂。

淡妆护理师顾着在我的脚踝手腕涂上酒精，专注到近乎神圣，所以我在数秒后颇为讶异，她钳上四肢夹的位置，根本不在刚刚消毒过的点上。极有可能，那些接触我皮肤的夹子贴面，之前也夹过八百壮士没有消毒到的肢体部分。我感觉到后颈与四肢末端的皮肤细胞，瞬间长出细胞壁来抵御境外污染物，而我的心神在呼喊，谁来给我一瓶保力达B[①]，让我可以预支明日的气力，用来保定此刻的自己。

走出诊所以后，我想起血压还没量，刚才阿长说要给我一点时间停喘，显然高速旋转让我们都忘了这件事。要回去补量吗？头脑和双脚同时一阵虚软。我衷心冀望头脚双方在血糖过低而且脱水的状态下，还能够记取这一次苟且求近的教训，下次通知单再来的时候，愿意手拉手心连心，花一个小时的车程到城里的医院去，换上依照标准作业程序发包送洗的病人服，做一个普通到写不进专栏的健检。

我直奔早餐店，吃了一份丙烯酰胺明显超标的粉浆蛋饼，恢复精神健康。

[①] 一种具有提神兼补充营养功效的药酒。

把头发留长的过程有点禅

在反复八万七千次留长、剪短、留长又剪短以后,我已经知道短发最适合我。人体实验二十余年统计出来的活体群众反馈不是开玩笑,结论总括起来就是短发二字。

知道归知道,短发很麻烦,一两个月就需要修整。我很少遵守得了发型师给我的维修时程,向来一拖还有一拖再拖。倒也不是刻意追求形貌上的豁达,谁不怕丑?只是我真觉得打理外貌浪费时间,况且我不偷不抢,发型坏掉一点怎么了吗?这样想着,很容易一两个月的黄金抢救期就过去了,正所谓一泻千里,放逸难收,渐渐地不会再有人察觉我发型坏掉的事,不存在的东西哪里会有坏掉的问题?

终于察觉发型全毁的时候,自然会想要尽点补救的人事。可是人一旦脱离原有的行进停下来,想要恢复运动状态,首先必须克服静止状态的最大摩擦力,好累。我怀疑牛顿会发现最大摩擦力的存在,就是因为先知道人要动起来有多累。我在这种非振作不可的关键时机,很容易随手拿起发圈在后脑勺扎起猪尾巴,心里想着短发真麻烦,不然留长好了,留长再说,就这样摆脱怠于打理容貌的罪疚感,继续过我幸福快乐的日子。八万七千次就是这样来的。

把头发留长的过程其实有点禅,一静照万念。短发工整的时候没事,一旦我做出蓄发的决定,却会忽然生出无凭无据的盼望,相信自己在不久的将来,极有可能全面或部分展露出至今尚未呈现过的美丽潜能,在路人外貌协会的舞台上稍微发光发热。现下这半年八个月的丑样只是暂时的潜沉,没有人会计较,到时候头发长了梳成中分,穿上乐活风的森林系衣着,就是苍井优那个意思了,大家都会惊艳吧。

我所有的发型人体实验,用的都是这个逻辑设定,只不过目标人物次次不同,有时候是今井美树,有时候是安妮·海瑟薇。但其实,我这辈子成功把头发留到苍井优的长度,只有十六岁那一次,差不多是苍井优还在换牙的年代。当时刚脱离发禁,我终于盼到蓄发自主权,才有毅力一鼓作气忍过燠热不便，在十六岁那年成为在高塔上垂下长辫诱钓王子的少女。在那之后，我多半在稍长一点的程度，就会因为进入邋遢期的巅峰，决定终结蓄发，放弃变美。

每一次走到这种面临放弃的时候，我都想不起之前的信心是怎么来的，这时要是有人再提苍井优，我可能会抱住他的腿求他别提了放过我吧。镜子里面那个人不就是天龙八部的乔峰吗？只差在头发绑起来是梁家仁演的，放下来是胡军演的。一个貌似乔峰的人凭什么成为苍井优呢？还是剪回原来的样子吧！这，就是我用来克服最大摩擦力的力量，也是那八万七千次的另一个背后助力。

奇妙的是，剪回短发以后，各种关于蓄发的妄念都会消失，人一旦自认形貌得宜，反而少了对他人美态的稀罕。我眼下正在经历第八万七千零一次的留长，即将进入乔峰的阶段，又要开始慕求短发时期的身心轻安。对于这种周而复始的生活循环，我真心感觉到灵魂层面的疲劳，好想拿起电话预约发型师终结这一切。只是，在这之前，我得先弄懂一件事：如果想要保留变成孔孝真的可能性，我到底该还是不该留着刘海？

第五天的指甲

旅途中的兴奋，和指甲的生长，呈反向发展。剪干净的手指甲要长出一公厘①左右的白色外缘，大约需要五天。五天足够一个人熟悉异地各种生活秩序，行人信号灯是什么警示音，过马路看右看左，食物偏咸偏淡，寒暄句型或短或冗，在旅行的第五天，全都成为新习惯。多留点心的话，几乎能够收敛所有异乡人的气息和摆动，没入在地的流动。

只是几乎。到别人的城市去格格不入，为的是脱离平日节奏，一切陌生探勘、费时费神、冤枉路糊涂钱，为的都是从原本的老练抽身，过几天不精不明的日子。但也只得几天，人拦不住脑袋自作聪明，城市的陌生比少年的纯真更短暂。赫然发现地方熟了，兴致沉了，通常都在第五

---
① 即一毫米。

天，正好是指甲长到可以刮进掌心的时候。

第五天之后的指甲，是巴甫洛夫的指甲。人在异地生活，无论长短，得从心里关掉一些东西，才好吃睡。平日里计较到脚毛上去的有关系，出了门都只能尽量没关系。尽量。在旅行新奇感降到某个水位以下之后，沟通的虚耗、移动的配速、空气的湿度，终究一件接着一件浮现存在感，连同指尖那十片夜夜延生的角蛋白，在第五天一起扎进掌心，触发某条神经线，想起平行存在家里的那个自己，可以称心如意驼在书桌前面剪指甲。

指甲到哪儿都能剪，不怕给捡去作法下咒的话，在车厢里剪来喷溅邻人也是剪，但要剪得称心如意，事事项项都是计较。我的指甲自然在书桌上剪，而且上工之前剪，和OL打完卡坐下来先吃烤煎蛋喝中凉奶同一个精神，美其名曰定心。但一切用来定心的名堂，都是在看妄念作戏。人在惯性动作里反复的时候，念头的流动特别清晰。周周月月年年，用同样的刀序和弧度，整理手上那十片指甲，都是在钉住屁股看脑袋里的电影。每周剪一次，四十年大约能播两千多幕，有时周星驰，有时王家卫，偶尔伍迪·艾伦，经常尤格·蓝西莫[①]。

[①] 也译为欧格斯·兰斯莫斯、约戈斯·兰西莫斯，希腊导演、编剧、制作人。

指甲是日常的伴生，甲面的平美或坑疵都是自己作得来，近的看昨天、看上周，远的三四个月、大半年。人在行进间未必说得出路程好坏，指甲养得怎么样却是班班可考。指甲修长短，日子拣顺逆，剪完能在颠倒妄想里挑一件好出口的事由讲，交稿就有望。真能定的人恐怕没什么好写，能写的都是妄，所谓老废角质在这个时候，竟有春泥般的出息，在脱离肉身的同时，从精神上拖拉出各种杂草碎花。

但是在首里城边，蒙马特坡上，指甲都只能长来刮掌心，刮着叫人想起要是能在家里剪，身体和脑袋都能卸下一点东西，该有多么轻快自在。琉球王国的荣华和圣心堂前的宏阔，因此隐隐埋着一条淡水河，伏流过我桌前的窗，而窗内没有我。我在已经不太陌生的异乡，遥想家乡日常的平淡稳定与秩序。那些闷不死我的，竟成为我的氧气。

旅途得着屡屡指回家乡，是从前万不能想象的境地。出门的时候明知道几天后就要想家，仍然要义无反顾报到登机，到异乡等待第五天的指甲，为我搔刮出新一轮的、无法在家乡育成的乡愁。

出行竟然换来安住。中年人生，我不懂你。不过我从来就不懂你。

马桶刷

大人的话不能尽信，马桶刷也是个端倪。

过完暑假从小五升小六，我们开始负责打扫操场边的厕所。旧式厕所是一条瓷砖砌成的长沟，上方尽管是有墙有门的个人空间，拉撒出来的物事无论固液气态却以物质不灭的真理和整座厕所结合成完整的一体。冲水次数有限，卫生股长偶尔会在下课时间到厕所尾间开启水阀，否则就得等到隔天清早的扫除时间才得以总结前账。

厕沟陈年黄垢不是任何人能够轻易对付的历史沉积，但师长凛然，十来岁的孩子只好相信瓷砖不能闪亮洁白必须归咎于自己不够用心。我开始审视马桶刷和人体力学的相互关系，想知道为什么追加各种施力角度和盐酸剂量，仍然屡屡获派不够用心的罪名。我比谁都想知道自己还有什么额外的心能拿来用。

学校总务处发下来的马桶刷,是市面上最廉价那款,胶毛一簇簇种在刷座上,外红内绿圈成几个同心圆,切面平整,接上荧光绿色的手柄,倒过来像朵花。现在看起来勉强有些普普①趣味,用起来却不称手,间疏的刷毛无力刮除盐酸腐蚀过后的瓷砖污渍,经过裂缝,时不时扯下几根刷毛,不多久整把刷子就破败软弱,应付沟面的清洁已经显得勉强,遑论间缝和夹角。

每日微调操作手法,却得到同样的结果,我终于领悟大人说的是空话。嘴里说厕所清洁事关重大,人的德行操守要从这种最脏的地方把持起来,但是集体传承给学生的工具和扫除方式,却样样证明整个社会是长时间且大规模地不在乎厕所不干净。不只是训话的校长、主任不在乎,旁观的级任导师也不在乎,卖刷具的商家不在乎,设计制造的工厂也不在乎。整个社会联合起来交一把虚弱的马桶刷给孩子洗厕所,并且嫌弃她洗不干净,大概是最有效的催熟处方。我在六年级开始迅速转骨,如今骨头会反成这样说不准在那时候就转出定数了。

随着求学求职辗转于赁宿人生多年,我用各任屋主

---

① 英文pop的音译,通译为波普。20世纪中期风行于美国和英国的艺术流派。

配备的刷具洗过各种马桶，最后明白，马桶其实是个巨型瓷碗，而最适合用来洗碗的工具，还是菜瓜布。那种塑料手柄夹着软弱菜瓜布的廉价水瓶刷，才是最完美的洁厕工具。务必廉价，廉价的菜瓜布才够软弱，不刮伤瓷面。瓶刷柄长正好足以深入水管底处不至沾手，却不在朝上刷洗沟槽的时候卡住碗身。菜瓜布材质柔软，配合灵巧的人手关节，能够以多样角度紧贴碗面及沟槽夹角来回擦拭，去除各种粘附。介意个人生物领域上各种粘附的人，即使不在幼年承蒙师长训示，一样会在人生途中钻研出扫除心得，并且明白，真正有效的方法，全然不是权威人士作态指导的那套堂皇。

　　本来已经忘记这回事，前不久发现那款刷子还有人卖，而且有人买。像是这三十几年来我想尽办法爬离的地坑，人口依然在里面无尽繁衍，教忠教孝。本来也不是不知道的事实，但就，忽然撞见的那一下还是心惊。

好，你们现在可以再打了

我的手机很少响起。这句话光是说出来我就觉得徜徉在宇宙大爱里，人生只要能够安静就美好了大半。平均下来，我每个月能接到的电话大概只有十通，这十通里面有一半要叫我借钱或投资，三通是实质事务联络，一点九九通是宅配通知，剩下的零点零一通是诈骗电话。本来我对这个来电比例相当满意，因为绝大多数都可以"嗯嗯，啊啊，谢谢，再见"就挂断，但是最近，我开始感到轻微的不满足。

问题在于诈骗电话，我接到的诈骗电话次数，大幅少于脸书同温层里的常态。根据我的观察，最近在某个网络书店买书的人经常成为目标，说订单有误一次买下十二本需要修正云云。呵，会常在网络上买书的人，不也就是挂在网络上收看各种变鬼变怪的人吗？大家遇到这种事情当然要讨一点便宜回来，哪能让他赶着去打下一通凑业绩。因此我方的实时战略就是要拖延对方不给挂，不计手段聊下去。是的，我一片忠肝赤胆想要加入全民皆兵反诈骗这正义的一方。

话说回来，经常在网络上买书的，有很多都不是热衷活体社交的人，话习惯用键盘说，笑也用表情符号笑，忽然需要搭上一段拟真的电话对白，营造出逐步受骗的情境，那是社交场域的大幅反转，相当具有挑战性；可以说，能够把对话时间维持得越长，骗骗子的临场机智也就越出色。这岂不是一场超刺激、超有趣的谋略游戏吗？花钱下载回来的APP可能都没这么好玩。

在网络上看到别人的精彩表现，我见贤思齐，跃跃欲试。问题是很少有人骗我，我在那个网络书店的买卖都依附在同居陈小姐的账号之下，她就好啦，偶尔有得被骗；我来来去去只能苦等着骗子们挑上我在拍卖网站买猫粮与罐头的交易记录，那要好多个月才有一通。

我最近一次接到诈骗电话是在年初，一听见对方用陌生的腔调说出信用卡被连续扣款这个关键词，已经认定是诈骗，居然用真心博真情劝告他：

"唉，你这样骗人真的很不好。"

"我骗你什么了呢!"

"我不知道,这就要问你了。"

"你去死吧!!!"

后来我检讨自己,说不知道他要骗我什么的确太过矫情,开头已经指控人家骗人了,后面这样讲只是在强调罪状,过早引爆对方情绪,无益于剧情的延伸。当时没看清这事的教育价值,白白浪费一次珍贵的练习机会,如今才知遗憾。

然后就再也没人打来骗我了,一直到现在。我徜徉在平静的宇宙大爱里,骗骗子的机智值与经验值无从升级,人生可称美好,但自我感觉稍嫌平庸。

交换礼物

"交换礼物"可能是当今盛行的圣诞活动里,最背离圣诞精神的一个。

这个活动设计很适合农业社会,如果大家都住在乡郊村落里,我带私酿米酒来跟你交换手作木凳,互通有无,的确有机会达成慷慨与慈爱的精神。但在二十一世纪的商业都会,自作慷慨和添麻烦只有一线之隔。

如果一定要在物质层面上探讨我们需要填补的匮乏,而且作答诚实的话,最受欢迎的物质应该是钱。但现代人的匮乏,哪里只是钱这么简单?能在经济条件上参加得了这种活动的人,之所以想要更多钱,为的是换来更多顺心安乐,但在都会里,要以物质促成别人的顺心安乐不容易。事情不是买条围巾给脖子冷的人那么简单,我在冬至前后剪个赫本短发,你不会知道我把脖子空出来为的是挂上叮当招摇的耳饰,还是因为前两天有可心人说过我后颈线条什么好话。也就是说,我的确脖子冷,但缺的未必是围巾,就算想要围巾,你也无从得知我的衣柜打开来,还缺什么款式、什么材质。

又或者,我认为有情有趣的圣诞杯壶组,对于每坪①得付一两千块房租的你来说,可能是有心赞赏无力承担的空间损耗,厨柜要吞纳平日的锅碗瓢盆已经很吃力,总不能为了留下季节限定的情趣,丢掉平日称手的务实。全留就更悲伤,没地方塞只能尽量找个合理的地方摆着,但节日一过,雪人圣诞树站哪里就显得哪里尴尬,都会住宅里最值钱的从来不是物件,而是空间坪数。必须交付房租或房贷的人最明白空即是色,不够用的空间是血淋淋的猪肝色,里面住几个就笃薦②几个。小资想咬牙撑一个过节的场面不难,但是舍不断又收不下的过节行头,让往后的平日更难。

送礼能出错的环节太多,即使立意慈爱,成效未必切中要害。参加交换礼物的人,大概心里都有这个底,派对图的是社交,大家只能尽量去看对方发自内心的慷慨,收

---

① 台湾地区常用的建筑面积单位,1坪约合3.3平方米。
② 来自客家话,"挫败"的意思。

到什么东西尽量随缘自在。但人性总会自己走上绝路,无论事前如何规范,活动里难免有几款礼物,怎么看都像天道已灭,教人在欢庆的季节里怀疑人性的本质,慨叹你不敢的大有人敢。

以惜福环保为名的交换是最折磨的一种。

惜福本来是个人的决志,东西尽量少买,堪用的继续用,最是环保,这是一回事;但是要把别人舍不得丢的东西当礼物收下来,却是另外一回事。收这种礼物,有很大机会在打开包装的瞬间,发现东西不堪到只能拿去回收,却又碍于圣诞精神不好发作满腔惊吓,也不方便质疑对方是否秉持鄙念,存心把自己不敢丢的长物,送给别人去惜福,就算要丢也是别人去折堕。随之涌生的猜疑和愤恼遍布虚空,耶稣或许必须再诞生八次才救赎得完。但只要派对尚未结束,苦主就是那件鄙物的法定持有人,任意丢出窗外是要招来环保局开单的,他只能继续说爱,说欢喜,说承蒙祝福,说圣诞快乐,直到终于可以带着东西回家思考人生究竟为何啊为何。

看着一众与会者在惊愕中勉力自持,我不禁想起被狼烟召到周幽王跟前去的诸侯,差只差在大家报到前没料到会变成周幽王的场子而已,本来还以为是去和趣味相投的友人们温馨欢聚呢,要不然收工当然回家追剧,周末当然瘫在沙发给猫踩,冷风飕飕,真要出门做环保还不如去三芝净滩。是说,如果不出席这些活动,倒也没机会发现原来主揪①是个周幽王,这些稀奇古怪的都会情节,每次回老家在餐桌上说出来配饭,大家都听得和乐融融,或许也是一种"道成了肉身,住在我们中间"吧,圣诞精神经过交换礼物这样周折的延展以后,最终还能结出温馨的果,神迹到底是有的。

---

① 活动发起人、主办人。

辑四

放空日常

"人权底线"

我在家里领了一个新职事,名称是"人权底线",负责把守家中人权的底线,相对于猫权。陈小姐代表家中50%投票人口推举我,而我身为另外50%投票人口,基于自身权益只好附议。

所有职事的设立都是先有需求,无论台面上或台面下。这事源自我离家旅行三周,回到家以后发现吃饭很难:餐桌本来就小,摆上碗筷还要坐两只猫,四颗掠食性动物的圆瞳孔近距离瞪着人看,太压迫。我说不行不行,猫都要下桌去,至少人吃饭的时候不能上来。陈小姐居然大表赞同,说我捍卫了人类的基本权利。我甚感惊讶,没想到家奴也晓得自己的权益受到侵犯,这些侵门踏户的兽行可都是在她眼皮底下发展出来的。

说"家奴"好像有点过分,但想到她常要躲着刷牙,又觉得还好。陈小姐几年前有次刷牙时,心想反正另一只手空着也是空着,就去拍美咪的屁股,想给在屋里流浪的天涯孤女一点温情。两次三次下来猫当然被制约了,一听到她拿牙刷挤牙膏,就迫切前来等拍,拍到陈小姐不得不回浴室吐泡泡,猫还要狂喵要求继续。陈小姐为此深感压力,我耳闻过不少情绪性的还价发言:"已经两百下了!""好啦再多五十!""没有人一直拍的!"后来甚至演变成躲在浴室悄声偷刷,再出来告诉美咪:"没有,我今天已经刷完牙了!"颇有乳母应付不了小主子的大胃洞,哀求放过老身的气氛。

一直以来,我对于家奴退让生活质量的决定甚少干涉,即使偶尔目睹她处境悲凉可比风中蟾蜍,仍然相信人应该尊重另一个人的自由意志。岂料唇亡齿寒,我终于落得吃饭夹不到豆腐的下场,只好奋起勇抗强权,一呼百诺($50\% + 50\% = 100\%$),带领全家进入启蒙时代,摆脱"人权猫授"的思想。

接着,冬天就来了。家里两只老男猫的气管都不好,冷不得,我开始给猫添热水,想厚待长者,每天烧水装水多了几个动作。陈小姐见到,问我是否玩忽职守,退让了"人权底线",这大概是以法学精神在事理上检讨我有没有监守自盗，因为她一脸兴味盎然，丝毫不像在乎自己的权益底线究竟位移多少。

我孤独的魂魄在天灵盖上叹了一口气。这条热水SOP^①的确退让了一点点人权，煮水器和热水瓶举来举去还是有点重，令我组装松散的右手腕骨隐隐作痛，可是碍着职称，我不能认罪啊！人权孤军要是溃散，这屋里的尊严只能属于猫了，成何体统？

我开水龙头洗手避开陈小姐的质询，心里却想起另一件事。朋友说，医生交代别太宠猫，别僵着奇怪的姿势抱猫太久，伤筋骨。听话当时觉得有道理，我在心里暗记着要照做，谁知道过不久有只猫打喷嚏流眼泪，到腿上来讨体温，我驼着酸腰不敢动，想起那道医嘱，心里竟然接着冒出一句话：人要是不能为关爱的对象受点伤，健健康康的有什么意思？

骨子里有这种信念，比给猫喝热水严重多了，我慷慨赴任的时候，完全忘记有这个症头，现在看起来，我担这职务有点像黑道洗白，永远洗不白。好消息是，陈小姐大概不会计较我有多么监守自盗，她在猫毛海里浮沉也不是一天两天，应该早就看透，这个"人权底线"我能争得多少是多少，其余时候两个人类只能一起含泪赞猫真可爱。

---

① 英文Standard Operation Procedure的缩写，译为标准作业程序。

而且猫真的很可爱,尊严只属于猫,其实就是养猫之家的体统。

这些话是私底下说给人听的,在猫面前我当然还要坚称"人权底线"。总得试试。

团团的早餐

天亮以前醒来，看到团团睡在身侧，非常幸福。他近来乐意陪睡，甚至只要见我靠上床头，就赶过来用半身压住我，不让走。小动物的亲近让我欢喜，每一次都像受赞我是无害有益的生物。

团团多半背对我侧卧，耳朵又有点重，很少在第一时间发现我醒来，但他很快就会知道，因为我忍不住不拿手或脚去贴他后背，轻轻慢慢靠上去，到隐约能感受他体温的程度。能维持这种连贴再睡回去最是理想，但实现理想的机会不多，搁上人脚人手的猫一下就醒。我沉迷于观察他慢慢恢复神志的后脑勺，有时候叹口气又睡回去，有时候干脆转过来看我什么情况，太可爱。心里这样甜一下，人就全醒了。

我一开灯滑手机,他也跟着全醒。我几乎能够想象,团团的小脑袋有多么苦于判定"人类起床程序",我反复变化的起床步骤对他来说太难归纳。四点醒来,五点醒来,六点醒来,和闹钟响了才醒来,各有不同步骤。先滑手机,或先摸猫,或滑完摸完又熄灯试着再睡。他唯一确知的是,我将在长短不一的步骤结束后下床走向猫碗,而他决志赶上每个第一时间,飞跳落地预备开饭。他已经用大半生验证,人类醒来与猫族进食是必然的线性因果。我在凌晨微光里伸手去抓电话,他抬头或起身走到我横置的身体面前(相距十公分的童叟无欺人猫面对面)确认我精神状态时,眼中流露的是他对当日线性因果的进程抱持过度积极乐观的判断。简称误判。他惯于误判我即将起床。

我宣告他误判的方式,是抬手去摸他头毛。团团领受摸头的样子很得人疼,不避不退,定定看着手来,稳稳领摸。摸两下他就明白局势,人手既然摸在猫头上,没用来掀被子撑床面,那是没有起身的意思。猫能趴就不站,转身蹲成母鸡,继续拿后脑勺对我。之前珠珠睡在手边的时候,蹲点的算计以人手能拍猫屁为原则;团团不爱拍屁,可能骨刺多易酸痛,他的蹲点成全的是后脑勺。猫的后颈肉原来和人一样有两道筋,我给人洗头的时候也特别享受捏脖子。

猫脖子拨着拨着，指尖渐渐能感到极薄一层油脂，不免想起这只小公猫很香，埋上去闻，舒心宁神。猫察觉到人有动静，再次升起积极乐观。团团偶尔积极起来会犯喘，猫喘起来像干咳，听他喘，我的肺叶心室也像等着一起从嘴里飞出来，他却是自在，喘完继续起身来到我面前，看这会儿侧身支头的我，像是距离下床更近一步了。

天色逐渐开光，人猫相对情势也随着变化。猫的早餐绝大多数在天光下进行，对团团来说这是线性因果里的一截。天亮以后，猫的耐性蒸散如朝露，开始压扁声线以喉底哑声喊话，一句厉过一句，意志坚决，我没遇过第二只像他这样对人类谆谆善诲的猫。我对猫不全是退让，很早就明白人若是过不好，猫更没得指望日子能好，但我会心软，情意上心的时候看着灰鼠似的小老头这样努力餐饭，不能不敬他惜他三分，只好下床开罐。他肯吃就让他吃吧，他能多过半年一年，就配合他半年一年吧。三年五年也可以啦，如果他想。唉，我会累死。

人有个对象可以说，你想多久我就多久，是非常富裕的瞬间，偶尔发生的时候简直流油。那种富裕不来自获得，而是自产，像在数学不等式里面放个"大于"符号，以供应永远大于需要为真理。人类凄惨之处往往在于认不清那个永远只存在于那个瞬间。永远会消逝，瞬间却分秒新生,新生的瞬间才是富裕得以幻衍处。猫在人身上屡屡占胜,显然得益于天生没卫生兼不识字,不知道永远两个字怎么说怎么问,天生意志用来关注的都是眼前人瞬间的情意,在富裕闪现的时刻,纵奔迎去。他零零碎碎叼走的那些,拼凑而成的断续永远,比人心渺望的版本更长更全。世间毕竟有这种全靠无知成就的幸福,只是人类难以沾染。(人语中那八万四千条针对幸福的定义啊)

团团要是真的再活五年,早餐可能要提前成消夜了。

腌溏心蛋用玻璃便当盒

人如何快速认知当下的生存状态？只要在你家地板上摔破一个腌着溏心蛋的玻璃便当盒就可以。

整体生存状态的首先，我很高兴自己和猫都活着。猫已经在灾难的第一瞬间喷射而去，赞美猫科动物肌肉，赞美禽兽逃亡本能，阿门。我不敢动，弯身探看两条腿，没喷血，再抬头看猫的飞行方向，也没留下血路。非常好，人平时对着生活唉爸叫母，但原来只要看到自己赤脚踩在碎玻璃与酱油滩里还归欉好好[1]，已经足以回头感恩活着真好。

始终，活着的另一面是无情的现实，我要是不擦出

---

[1] 来自闽南语中的一个歇后语"归欉好好——无错（锉）"，这里是"安然无恙"的意思。

一片生天,这辈子就只能活在这摊黑色玻璃海里。擦地之前必须先排除液体里的固体,我得决定先捡玻璃还是先捡蛋。两种一起捡绝对不在选项中,因为去处不同:碎玻璃要丢掉,蛋要捡回来吃啊拜托。自由放牧的鸡蛋要特地私讯去订,酱油贵三三①,还加了空运来台北的金门高粱一起滚;然后我这样一分钟几十万妄念的人,难得乖乖看着定时器煮蛋、镇冰水、剥蛋壳、打凉酱汁、浸上二十四小时才能吃,心血啊心血,那蛋怎么能丢?掉进猫砂盆都要抢在五秒内捡回来洗干净。危急中不忘环保惜福,我有美德,难怪大难不死。

　　房子小有个好处,遇上这一朝这一日,双脚不动就能摸到厨房每一面墙,想要什么都够得到,拿盘子装蛋,找袋子装碎玻璃,扯抹布擦地,终于清出一块空地可以站过去,我才发现地板有血。脚掌底有个小伤口,这种小割伤厨房老手并不放在眼里,但流血是个麻烦,一动一朵血花,俗话会说你无法污染一缸脏水,可能是没有试过用血,一地酱油和晕着血迹的一地酱油,视觉效果还是非常不同。人急着应付麻烦的当下,原来会把自己的流血看成另一桩需要应付的麻烦。我一边擦地一边懊恼着血还不止,仿佛我并不是个正在从痛处流丧健康福祉的人,只是

---

① 闽南语,"非常昂贵"的意思。

一个排放出悬浮液体污染地板的元凶。

咦,等一下,那地板不是号称耐磨又防水吗?我这大难不死的美德人士干吗把地板看得比自己珍贵?

顿悟这点好像应该坐地大哭,但不能,因为玻璃碎屑还没擦完。在有猫的屋檐下思考人的福祉似乎有点存在主义,我的哲学思辨幼苗很快就攀上宗教的领空。要证实自我福祉的正当性很难,但是相信家猫对于地板清洁的需求优先于我的福祉非常容易。玻璃碎屑不易察觉,地毯式来回擦拭七八趟以后,脑中那幅猫误食玻璃而肚破肠流的想象画面,才终于消失。我挺直腰椎与膝盖,拨开汗湿在额上的乱发,解除了紧急危机,该是有空思考刚才的哲学议题的时候,但那一瞬间,全身上下的细胞都在说,水,先给我水。于是我喝了水,殊不知头脑在水分回填以后,非但没有开始思考,反而软瘫下来对我说,好了,我累了,不要想了,该是休息的时候了,待会儿要吃什么?

"待会儿要吃什么?"

这句熟悉的话一出来,我忽然明白了弱势劳动力不易翻身的循环,只要反复交替密集劳动状态与饮水进食,就可以防止头脑想清楚很多事,尤其是那些貌似可以等的东西,例如福祉。原来,有些人在有猫的屋檐下难以翻身,有些人在别的屋檐下从没打算翻身,是因为很难有机会把自己的福祉正义想清楚,无论一路上曾经闪过多少质疑。

谁能料到,摔破一盒溏心蛋会带来这些启发。大家有机会不妨试试,记得用玻璃盒装,而且蛋要捡回来吃。

蚂蟥、桑蚕、陆龟与军情五处

因为在公众场合工作效率比较高,我到处开发写功课的地方。

例如咖啡厅。人来人往是最好的,思绪的新陈代谢特别明快,但咖啡厅吵,坐两小时能听见八场世间情,有浪漫甜蜜,有伦理亲情,还有总裁做生意。不知道为什么,在公众场合用电话讲生意的商业精英,音量和气度特别像演世间情。定性不够的时候,这种环境真是坐不住,人出门的时候可以掂忖钱带得够不够,却永远说不准需要预备多少定力,才应付得了那天的消磨。我每次认败打包离开咖啡厅的时候,都想养一只《噬界》里的怪兽,吃光世上所有噪音源。

只好去图书馆,图书馆供电供水供上网,而且相对安静许多，阅览群众当中还有不少为考试埋头苦读的人，为整体能量添注强大的专注意志，加上禁止饮食，一并免除食物气味和包装窸窣，理论上是非常理想的工作环境，对产能大有帮助。理论上。

实际上，牛牵到图书馆还是牛，没定性的人不为噪音烦恼，自然要寻别的烦恼。我算不上最典型的阅览民众，人家看书，我却对着计算机，为了接上电源只好跟着坐进蚂蟥堆里。群聚在阅览区专心啃啮纸本的民众像盘桑蚕，我们这些3C[①]用家却是蚂蟥，为了插座，黏附在阅览室各个墙边柱角，蠕而不动，吸电像吸血。

有些蚂蟥是来追剧的。我在图书馆写一下午功课，旁边的大婶看一下午的宫斗，还补了整袋衣服。衣服总共有几件不知道，但她每翻出一件，都有种从礼帽抓出兔子来的气氛：还有？还有！各位观众，锣鼓点来一下，噔噔噔噔噔，我。还。有！掌声鼓励鼓励！我身为唯一的观众，内心惊叹这户人家不知得穿多久掉扣子破口袋的衣服，才等到她补一次。

还有个夏日常见的婆婆，不是蚂蟥，也不是桑蚕，她是陆龟，来吹冷气散步的，大概是热天没办法逛公园。

[①] 计算机类（Computer）、通信类（Communication）和消费类电子产品（Consumer Electronics）三类电子产品的简称。

她不仅梭巡的速度近似陆龟，伸头探看的姿态也像，每次她背着双手，款摆蛇颈看向我屏幕的时候，我背脊寒毛都要弹一下，本来一般生人无端靠近我是要狠狠瞪走的，遇上这个炼成人形的龟仙婆婆，我却莫名无胆，怕对上眼神会被白白看透什么乖舛前程，泄露个资。但是，陆龟婆婆和蚂蟥大婶，并不是图书馆里最积极使用非图书资源的案例，我见过最有勇有谋的榨取，是一老一少两个男人。

老的那个非常老，白须佝偻，但是服饰干净寻常，不显得贫困。他桌上摆的从来不是书籍杂志，而是卫生纸，从厕所扯下来筋斗云那么大一团的卫生纸，摊在桌面上，慢慢一截截撕下来，折好，压平，叠起。像从前观光区里，卖一叠卫生纸五块钱当门票的厕所收费员，但他当然不是图书馆雇来看厕所的，他是要带回家擦嘴擦屁股的。都已经走到人生终段了，这人寻求的满足，竟还建立在这种便宜上面。这是跟着穷姓啊，不知还要过多久，大家才能不听到"赚大钱"就欢喜三昧，想着不免丧气。

最损耗我工作效能的，是个年轻人。他一来到，先在桌面上解压缩出整团纠结的延长线，如字如义的解压缩，unzip。那一团本来塞在背包里的东西，脱离束缚之后，随着电线本身的塑料弹性，缓缓延展开来，占地体积增大20%左右，而且带着音效。闽南语用"哩哩扣扣"概称琐碎物事，原来是从声音来的。那团延长线压缩档，挂着各种可能出现在阿宅座位上的行头：手机一、手机二、小平板、大平板、行动电源、充电插头、MP3播放器、USB集线器、变压器，几条黄蓝白红色充电线穿插缠绕，连成散乱却均置的结构，接上笔记本电脑以后横跨两个座位，俨然微型科技中心，有种英国军情五处派他来远程候令发射飞弹的气氛。但军情五处配给他的宿舍是没供电吗？

他坐下来之前对我笑，像对自己人打招呼。我没办法笑回去，因为陷入理则思辨的流沙。都是来图书馆接电工作，我和他，是程度上的不同，还是本质上的不同呢？这么懂得筹谋资源，是纯种人类吧？想到这里，他果然运用起精密的人体肌肉，带动右侧的股骨与胫骨抖了起来，天地沧海为之震动，蚂蟥顿失吸力，只能仓皇收拾书包离开。人类的股骨和胫骨除了用来走路，还能宣示地盘，生物等级真的很高。

在外寻求作业效率提升不果，只好回家，回家至少安静，而且猫不会抖腿，猫只是会来踩键盘而已。不能不给踩，家猫可是等级高于人类的生物。档案要是发生意外，ctrl+z回来就好；万一真救不回来，也不过是寒寒酸酸两三行，擦掉重写未必不是好事。至于作业效率，只能明天再出门碰运气了，说不定军情五处受召回国汇报了呢！

去擎天岗

最适合上擎天岗的季节在早春或晚秋,太阳不毒,山风不冷。而且最好上午就到,早晨的天空最清最蓝,近中午就开始蒙了,不过,要是蒙了以后才上去,没得比较倒也无从遗憾,天气晴朗已经值得万分庆幸。

也没什么特别好做的事。大草原上除了人和牛,偶尔有些狗,其余都是天空。尽管常常带着书上去,到最后看的都是天空。草原上的云似乎飞得特别快,也许是因为人难得静止,看着任何外物的移动都像奔走。人声的来去也快,前头来的喧哗,很快就飘到后头去了,在原地的时常只剩自己。虽然人生的实貌向来就是剩下自己,但是剩在有点海拔的草原上,和剩在盆地底端的自己,总是不同。

台北就在山脚下,说不上远,看得到林立在灰雾里的楼厦高高低低。据说从五楼往下看,是最令人类感到恐惧的高度,这种从山顶依稀望见城市地景的高度,倒是我最感觉到脱身的距离。知道往那个方向去,有几百万张与我相似的脸,在房舍道路间蠕蠕奋动,而我此刻不在其中,我在草原这边的暂停里,这大概是最讨喜的一种事实摆在眼前。到这里来的人多少都图这个吧?来吸口气,或吐口气,想走路练身体的大概一早就往冷水坑或风柜嘴前进了。

这么大一片草原,难免叫人心生布置野餐的浪漫念头,但擎天岗可不是大安森林公园,想要把规模像样的野餐食物从停车场扛上草原,相当考验个人的天真和体力,我小试几次以后,就决定往后只带开水和充饥点心,连咖啡都因为太利尿不得不断然舍弃,向往吃喝热闹的人还是该往竹子湖,或花多的地方去。这也是擎天岗的好处之一,怕饿怕闷的人在这里待不久,喧哗一阵就会离开,潮来潮退。

躺着就好了。仰躺看云在天上,侧躺看山在云底,听远方的人声随着山径上下忽明忽灭,在脑袋里反复排列拆解几个只想想通,没想说出来的句子。人在山上,或记起山上的时候,特别感到没必要把脑袋里的句子都说出来,倒不是没有适合的听众,只是,语言始终属于山脚下灰雾底的人群,在面对天地的时候,再精巧的人话都难免平添滞浊。

　　人生偶尔需要高度,物理性的也好。

请问有到渔人码头吗

前阵子交出一份庞大的译稿后,很想要放个假。本来我依照过去的习性,打算进城逛街看点五花十色,没想到出了家门却只觉得晒到冬天的太阳真好,不如搭公交车到渔人码头散散步。

我看不懂站牌,干脆跑到靠站的公交车门前喊:"请问有到渔人码头吗?"没有回答,司机的脸朝向两点钟方向,眼神空洞似乎没听见我的问题。我怕是自己口齿不清,加大音量再问一次,依旧没有回音,司机维持相同的呆滞,像是盯着只有他看得到的鬼魂。我终于领悟他不是没听见,是不想答,我笑出来,说"好啦,没关系",把身体收回车外。这句他倒是有响应,立即转头入挡起步,哗啦啦关上车门。

等下一班车的时候，我挺讶异自己竟然只是觉得好笑，笑那司机居然发展出这等装死的招数，逃避工作上的厌恶环节。两年前的我可能会非常生气，指责司机不够敬业，觉得谁不是在为五斗米折腰呢，你凭什么摆烂，还不好好打起精神把腰折断！我这会儿是吃了什么仙桃佛果，居然有血有泪优先同情起他必须在这壅塞争抢的路径上镇日来回的人生。要是我在他的位置，工作内容就是在流窜的机车群中行驶巨型车辆，而且随时要切换车道靠站离站，可能每天到公司打完卡就哭到下班。郁伤肝，躁伤心哪，司机先生真是累了。

那天PM2.5的监测数值是红字，淡水河口的天空灰蒙蒙，曚昽的阳光倒是因此更为亲人，我坐在观景平台羡海风，看着观音山与关渡桥，听着往来的游客言不及义，喝完一杯榛果拿铁。买那杯咖啡的时候，店员本来试图动摇我拒绝减糖的决定："压两下好不好？""我要全糖！""全糖是四下，还是我帮你压三下？""不要，我要四下！"我是来度假的。喝完咖啡，我在阳光下走过情人桥，准备乘车回家的路上，竟觉得休息够了，可以再接点新工作。察觉到这点，我停下脚步认真惊异了一秒，这是前所未有的事。我一直以为能够放松的前提，是要坐上飞机远远离开这座掐人脖子的岛屿，如今一座市郊的码头居然能够毕其功于半晌,我内在平衡的水位真是上升到今生少见的高点了。

我曾经随着这个世界的引导,追求功利社会中的表现,却没有想到在放弃这份上进心之后,意外得回另一种优渥。我至今仍不能明确解释,这两件事情之间有着多么曲折的因果关系,从朝九晚五的我来到现在宅居写字的我,没有饥饿,没有窘迫,这显然不是手背翻过来就是手心那样简单,其中不知承接过多少来自近亲远识的慷慨成全。这众多的慷慨,令我在慷慨上富裕起来,富裕到我站在公交车门外的瞬间,面对驾驶座上的贫愁,竟然自动流泻出意外的宽和与理解。

所谓财富的流动,我们一向跟着经济学家只看能够量化为金钱的那些,然而这世间需要流动的财富岂止是那些?只不过无论是钱不是钱,我们都一并悭吝了。

搭高铁返乡的自得其乐

老家在台南,我经常需要往返南北,高铁是最省神的方式。

我喜欢搭高铁,我一直都喜欢各种交通工具,最初是因为幼稚,想要搜集乘坐经验,长大以后除了搭乘的乐趣,还有一种偷闲的放松感。作为一个自重负责的成人,生活无时无刻不需要打点,抬起左脚的同时就得盘算右脚的落处,唯独乘车那段时间是空当,不管我的声音是不是在笑,车子或飞机肯定正在飙。在这段时间里,去向是定局,到站以前,无谓绸缪,没得着力,是生活里名正言顺的下课十分钟,我很珍惜。

我的南下行程通常从早上开始,赶在十点半以前捷运到站,上到北车大厅,去买麦当劳早餐,专挑"玉面公子"的队伍排。这名字是我私下对他的称呼，观赏他散发着苍冷气息的面孔，看似消颓却毫无顿滞的点餐流程，令我感到巧遇同类的可靠亲切，内心无比激赏。轮到我的时候，我会以（由于早起赶车而）散发死亡气息的低频声调，一字不多，而且精准安排断句地，说出关键词"吉士蛋堡，要薯饼，要西红柿酱，加二十二元升级冰拿铁，少冰"，与他共同谱一曲完美精准的冷静点餐之舞。

下课时间就是要吃这些开心东西，高糖高钠高油高淀粉的早餐，特别能够慰抚早起赶车的疲惫。有谁吃麦当劳是为了营养？当然是为了开心！薯饼和番茄酱是要手动夹进蛋堡里的（赞美座位前方的小桌板！），这滋味可比薯条蘸圣代高明许多，我懂，真假美而美也都懂，但是把薯饼带来台湾的麦当劳居然一直没懂，真奇怪。

赶早抵达北车，有时候并不为了麦当劳，而是台铁的八角素食便当。别小看这个便当，有白饭，有足够比例的蛋白质，有小菜，还有两种以上新鲜时蔬，它可是个一般便当！说"一般"是赞美的意思，它隔壁的椭圆素食便当，相对之下就很不一般：杂粮饭上面只铺了三色蔬菜和小菜，使我食存五观，觉知正念，太精进。似乎多数素食同好也都热爱一般口味，如果不是早早抵达，很难买得到这款便当。请不必质疑一个要回台南老家吃午餐的人，跟人家排什么铁路便当,我宅居恹闷想要假装去郊游不行吗?要是我能血压波澜不惊地,订到兔七七四十九次分段的,有座位的普悠玛或自强号车票,我也想要扒着便当的时候,穿过的是花东的绿野啊!

吃完东西就是娱乐时间。看书玩手机的时候,特别容易留意到座椅扶手的存在,理论上两人共一支,实际上我用他用都不公平。邻座这回事,有时候求人得人,有时求人得鬼,一上来就老大不客气占用扶手,挤迫左右领空,我也只好随顺累劫宿缘,配合对方的福德业报,有时砥砺忍辱,有时竖毛弓背。运势非常好的时候,难得能遇上肢体过分拘谨的邻座,连侵犯扶手上空都不好意思,我便可满心庆幸,报以相同的拘谨克己。十年修得同船渡,要修得一个共夹空气薄壁的同乘君子,大概要八千年。

这一趟回去过母亲节的时候,身旁坐的是个骨架粗大的妇人,她一钻进三人座的中间位置,就万分客气地紧夹双臂滑起手机,因为屏幕和字体实在太大,轻易就能瞄到她正在求职网站开启履历,目标职缺是行政总务人员,而且年纪大我将近一轮。我回想起从前反复搜寻的,也是同一个求职类别,不由得收拾起自己的身体,朝反方向的车窗贴去。看见一个需要尽可能保住人生余裕的人,谨慎地藏手缩脚,让我义无反顾想要为她扩充这一程车的个人防空领域。着实幸好她没一上来就拿长发扫我,用手肘顶我,让我吞不下一口气,却又不忍心出那口气,闷到胸口带伤回家要吃行气散。

高铁上的收讯不稳定,不太方便滑手机,但我丝毫不介意,我可以没有网络,五条命炸完糖果就收手没关系。我甚至诚心恳祈宇宙各级相关单位,不要给它稳!Let It 断!一程高铁最多不过两个钟头,但是车厢里的各路老总老董,就非要在这车厢内进行他们经营管理大事业的动作,一下打去叫林小姐处理合约,一下接到那个谁打来问鱼要不要先退冰。我被迫共同参与过的电话内容,从来没有一通是关于皇帝驾崩,或是终止核弹发射之类的燃眉之急。这些人简直就是命悬一条电话线,非讲不可,不晓得他们搭飞机的时候,会不会去跟空姐借话筒,打到前面找机长聊。

听着别人讲电话,幻想自己能去对哪个"立委"陈情,提倡"车厢安宁保障法及施行细节",列车很快就会接近台南。到站前我得抓紧时间翻阅座位前方的高铁杂志,杂志每月一期,我每次南下都会遇上新刊,当然要关切关切,看看人家下了高铁都吃些什么,要是看到我想吃的食物,又碰巧位于台南、高雄、台北,因为地理方位多少知道一点,就能调出脑中的马路影像资料,幻想走访一趟去假吃。左营的烧饼我已经读到两次,也假吃两次了,又满足又空虚。

最重要的是刊末的贩卖页面,必须趟趟确认,高铁没有趁着我宅在家的时候,偷偷新增什么了不起的餐饮选项或纪念品。比照搭机阅读空中免税品杂志的缜密,确保没有任何该买的东西漏了买,接着慨叹果然没什么好买。到这里就算完成这趟车程的各大要点,下车前可以稍微推高窗帘,看看嘉南平原的天空,这趟有没有让我遇上PM2.5,做好心理准备。主动带着肺脏里无数的小肺泡,平日滤完台北的空污,休假再回台南一起帮忙滤净另一款,便是游子对家乡最平凡而无价的贡献了。

机车台南

机车终究还是在台南移动的王道。这里说的台南，不是县市合并之后的范围，严格来说，我只是广义的台南人，永康以北，仁德以南，都不算老台南人眼里的台南。

所以台南其实很小，没有机车到不了的地方，甚至有些巷弄，开车反而不好去。我自从北上谋职以后，已经好多年不曾在台南市骑车，今年春天为了办点琐事，安排了一个下午的曝晒机车行程，重拾南部魂。

车我得去租，车行多半位于台南火车站后站，我是头一次从高铁台南站，转乘台铁沙仑线到市区。哎哟喂，这条线实在有点可爱，那蓝色的自动售票机，那验票闸口，那月台，还有那列车长，画面竟然好像日本。车厢里多半是游客，各种口音和行囊，空气热闹缤纷，我忍不住生出一种伪关西铁道小旅行的好心情。

台南后站一出来,就能看到成排的扛棒,写着"机车出租"。租车时可以用闽南语问:"头家娘,啊你这欧兜拜是安怎算?①"瞬间提升在地亲切感,或用"国语"问:"请问机车出租多少钱?"保持外来游客的身份。在南部说字正腔圆的"国语",会大幅减少商家热情攀谈的意愿,我一向看当时心情,来决定说闽南语还是"国语",要亲热还是要孤僻。那天我说了"国语",午后一点钟的太阳让我对任何有温度的事情都没兴趣。

安全帽店里有得借,但是防晒就要靠自己。本来呢,每逢春秋冬三季,我从南下高铁车厢,举步踏上台南站阳光灿烂的月台时,十次有八次会骂自己燕桃②,因为穿太多。外地人来台南穿太多,可以说是不谙气候;土生土长的台南人回台南还穿太多,就是燕桃。我这趟不例外又误穿了长袖衬衫,对应路上行人的短T人字拖,内心本来十分懊悔,没想到骑车时用来挡太阳刚刚好。

台南市中心的街道都是老城的旧规模,习惯棋盘式城市交通思维的人,在台南很有机会停在路边挥汗庆幸智能手机的问世,因为可以查地图,还可以确认位置。我刚

---

① 闽南语,意为:老板娘,你这机车什么价钱?
② 闽南语,形容一个人呆傻的样子。

考上汽车驾照的时候,妈妈慎重训示,千万要当心"民生绿园",也就是现在叫作"汤德章纪念公园"的圆环,据说村里某某阿姨曾经干脆在车流中停下来,哭着打电话请家人来帮她开走。那个圆环联结多达七个路口,圆周却很小,随时有车辆切入切出,穿插以自由奔放的机车穿梭。万一驾驶人不够冷静机灵,开上错误的出口,这一路会去到哪里,端看个人福德因缘。台南很多时候并不是个你以为前面右转右转再右转,就能绕一圈回到原点的城市。

我把正事办完,想着人既然来到市中心,干脆绕进西门路,去逛逛近来台南最令我倾心的景点,政大书城。我对西门路的感情很特别,一般游客来到这附近走访的吃喝名店,都不在我记忆里。从小爸爸到台南市采买药品,或是阿嬷回安平探亲,回到家有时候会语带炫耀,说晚餐吃不下了,因为刚刚去过沙卡里巴或水仙宫,我一向羡慕,却从没尝过。

我记得的是,非常偶尔,在我上完音乐课以后,妈妈会带我从功学社走到"小西脚"等客运回家,因为离起站近,空位多,不必一路站回家。从"小西脚"沿着西门路往北走,接近中正路口的前后,有许多银楼。银楼对上一辈的人好重要,私房钱攒着攒着有点厚度了,就拿去陌生银楼换一卡金戒,体积轻巧,不落账面,天地不知。

跟着大人在西门路走几回,终于记住方向,之后有得自己到台南上钢琴课的时候,西门路和中正路口成为我最熟悉的放风区域,时间充裕可以去到中正路底逛三商和"中国城",时间有限就速速在圆典百货绕几圈,闻闻空调里混杂着化妆品与新衣的味道,观察城里的人都用什么装扮女人。

几十年后回到西门路,意外发现百货原址变成宽广的书城,非常惊喜。而且我不走正门,偏爱从一楼巨型文具百货进去,先狂吸几口文具店的气味,再从连通阶梯走下B1,进到书局。这种从文具店到书店的嗅觉过渡,精神上为我带来回春的效果,仿佛又置身中学时代放学后的空气。

相对于以引领文化潮流自居的巨型连锁书局,政大书城的内装十分朴素,但是简单明亮得讨喜,而且出乎意料地豪爽,我从没见过这种欢迎客人统统坐下来慢慢读的霸气。书局里有个宽阔的阶台,规模直逼图书馆阅览区,让人带着书脱鞋上去,或坐沙发或席地。阶台中央铺着软垫,让幼童也能抱着童书,或阅读中的家长小腿,在地上扭滚。这画面在人类社会里,是相当温馨的文化生活景观,难得能在台湾看见。

即使像我这种畏惧幼儿不可测性的母性低落人士,不适合进入脱鞋区阅读,也可以在书籍陈列区里,找到安静的阅读座位。几组错落分布的原木桌椅,温度与线条对臀部和脊椎相当亲善,坐在上面读一段故事,觉得自己的市侩嘴脸好像褪去几分。几个中学生戴着耳机伏案写作业,店员忙前忙后,也没有驱赶的意思。在这书店里,并不特别感觉到营销的痕迹,但翻了半会儿书,很觉得自己果然乐在阅读,挑两本有意思的书买回家继续看,只是刚好切合天生自然。

排在我前面结账的大叔,早我几阶上到地面,我们走出书局大门,他用手上刚买的书边扇着脸,边沿着骑楼走去。我系上领巾和口罩去牵车,眯着眼骑进晒人肉的阳光里。这个时候,要是有人在我面前用些"人文底蕴"之类的名词说台南,我大概会选择用闽南语回他:"瞎咪蕴啦?①哈哈,你文青齁?"

---

① 闽南语,意为:什么蕴啦?

云

有些云实在长得让我想打天庭的1999[①],质问他们今天派出来这个到底会不会画。

多数时候他们轮班轮得很好,各具风格专长,如果上面真有个画师部门专门出来画云的话。部门难免派系,我估计巴洛克帮占大宗,天上才会动不动就摆出有什么东西要出场的阵仗,好比某些山顶天际突然冒出的巨团,仔细看还缓缓涌动增生着,阳光在上面打得特别亮,像是雅典娜女神随时要抓着盾牌战矛从里面冲出来帮某个肉脚人类对付蛇发女妖。或雨刚下够的时候,四周还一片暗蒙,中间忽然却有几朵不知哪里捡到枪的,自开天光当起《夜巡》的男主角。巴洛克就是爱演。

---

① 1999为台湾地区的市民热线。

宫崎骏派的充满卡通感。成坨成团四散在天上,也不太动,像棉花。小时候问过大人很多次,云是不是软的?他们都说不是,水汽罢了,接不住人,我没办法相信,反复问到终于长成愿意绝望的年纪才肯停。到现在四十几岁的人,看到卡通云还是会幼稚,必要暗自赞叹今天这个画得好,是可能遇见白龙的日子。

鳞片似的碎云是现代派,以近乎无机的规律重复散列,像刚开始要帮《大碗岛的星期天下午》打底,但从头到尾只会有那张底,或半张。说他近乎无机是因为到头来飘移的队伍终究会以有机的态度恣意演化成一片不知所云,令我惆怅却也松口气。水玉点点之所以能可爱,就是因为无机而且可控;貌似规律的重复因子示现出不可控性的时候,少则不安,多则疯狂,像草间弥生的点点,我一见就觉得五内翻搅只想逃。

画师也有完全停工的时候,前年秋天到大峡谷一带玩,天上发白的只有飞机,偶尔有老鹰咻咻乌鸦嘎嘎,老半天等不到一片云,没有巴洛克,没有印象派,连个见习生不小心晕出几道墨都没有,蓝天均匀得像用PS填满的人工伪造。亚利桑那天庭画云部门的劳工休假规定显然优于台湾天庭,啧,洋人(仙)好生懒散。

我果然习惯的还是台湾的勤于产出,求勤还要求精,才会看到天上乱画一通的时候忍不住嘀咕：这样也可以？怎么会这边撒一摊碎块，那边涂一片黑，中间夹着这些乱七八糟，说笔画不是笔画，说颜色不算颜色，到底有没有心啊？谁准你出来乱画的？

但就和大多数想打1999的事件一样，我想完就没力了，而且天庭毕竟不是1999可以接通的地方，到庙里点香烧金可能才是有效的陈情管道，但确切联络窗口还得掷筊去问，好麻烦。接受云相的无法无天，相对来说成为容易许多的选项，说不定真去掷筊也只是落得认清这是现实仅存的选项。云这样画可以，那样也可以；慎重也可以，任性也可以；叫人看了欢喜可以，苦闷可以，完全不知所谓莫名其妙也可以。反正头顶那片什么东西都包什么家伙都罩的天从来没塌过，老早就表态在那里，统统都可以。

我忽然，说不出，自己哪里来那么多不可以。

辑五

地球日常

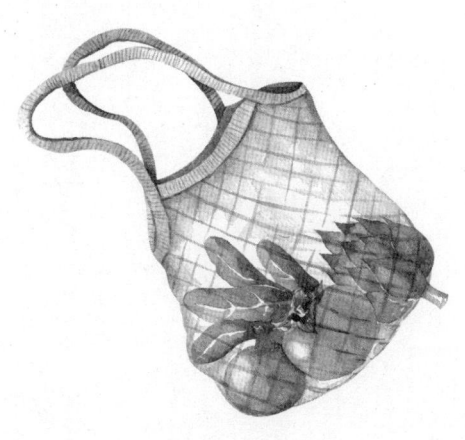

獻文秋思

去日本玩不说日文

现在我到日本玩,除非必要,很少主动说日文。所谓"说日文"也不是真的能说,从前在学校上过日语选修,与老师不投缘,学习不甚上心,两个学期终了还是写不好"杂志"的汉字,背起片假名就想哭,句型只记得"初次见面,我姓江",以及"玫瑰花一枝多少钱"。

在台湾长大很难不误以为自己懂一点日文,卡通和日剧我可是看得比吃饭认真,十几年下来记住的单词不少,再加上学校里学过的那点皮毛,自以为略懂略懂也很合理。早期去日本玩的时候,很以为尽量说日文是义务,莽莽撞撞地讲,带点赌博精神:用错字怕唐突对方,说对了怕被误以为自己人,连珠回我翔实且礼数周到的答复,我还得为了听不懂而道歉,害对方也不得不跟着道歉,实则内心暗叹白讲一场。开口说日文能顺利过关的概率，根本像玩俄罗斯轮盘，我天生心虚，试过几次就进入相当微妙的精神状态。比起去玩，更像去亲戚家做客，太过随性怕亲戚嫌自己不懂礼数，太过客气又觉得闷憋，还不如留在家里跷腿看宫崎骏就好。

我一度对于日本人的英文程度报以绝望。很久以前我曾经在电车月台上，随意地用英文问了倚在车厢门边玩手机的宅男那车是不是开往某地，他羞窘得瞬间全身泛红，呃呃啊啊不能接话，我也抱歉到后背冒汗，连忙安抚他没事没事没关系，口说手比，只差没有帮他拍背顺气。之后为了避免造成"迷惑"，在日本我一直主动说着蹩脚日文，一开口就自觉"失格"，事前心虚，事后气虚。（"迷惑"＝添麻烦，"失格"＝不配，不称）

但近几年在日本行走，倒是有了很不同的观感。绝大多数的服务业者，对于英文沟通都能冷静以对，即使不能说整句英文的人，也都能根据经验，吐出关键单词，或弯身从柜底拿出一张预先写好的中英日文对照，迅速消除尴尬空气。前几年我晚班机抵达东京，深夜走出上野车站累得不想找路，任性挑了一个套装整洁貌似在地上班族的男人，用英文问他方向。他先以日文与身旁的同伴叽里咕噜过后，接着以艾伦脱口秀一般流畅的英文为我指路，最后欢迎我来到日本,祝我玩得愉快。我的确非常愉快,好啦,因为对方长得有点可爱,但这次流畅的问路经验令我食髓知味,之后再在日本开口,一律先用英文。

因为我这个没出息的家伙,用英文才能精准控制自己的腰杆高低。我那贫瘠的日文知识和语感,无法判断在什么情境下,说哪一种对不起比较合适,哪一个单词会不会教他人尴尬,置自己于可笑的境地。去玩还要费这种神实在太冤,干脆都用英文。英文对于我和日本人都是必修外文,我们站在相似的立场,同样明白在各自的母语里面,各种感谢与抱歉,英文都是 thank you 与 sorry,而原文用来装点赤忱的各种华丽变格,就是加very,一个very不够,还可以加两个。初中程度的英文,加上友善的眼神、自持的肢体动作,让我不必再费劲说明我是外国人,我对日本有兴趣,我听不懂日文,也不懂日本的规矩,你若是有心接待,我也将以礼相对。

能把一句话讲踏实,我才终于顺气,做回一个本来面目的游客,不卑不亢。日本服务业的敬业精神很少令人失望,共同语言并不是相待的必要条件,很多时候我还是得回头说拼装日文,甚至打开手机翻译软件,和对方玩单词猜谜,但是当双方都有意愿沟通,结果总能皆大欢喜。极其偶尔遇上不愿与外国游客打交道的业者,我也能泰然尊重他的选择，各怀平安。我既没有非去观光不可的国家，也不会有非走访不可的店家，能让我说出"拜托给我玩"的，只有我的猫。

在我想清楚"去日本该说什么文"的同时，日本人也没空等着，渐渐找回了主控权。近年来不小心走上热门观光路线的时候，我在诸多名店名馆常常一开口，就被发配给中文店员，吃住买都以标准普通话进行。必须应付语言不通的外国旅客，跟不上标准应对流程，果然还是让日本人感到吃力。聘雇熟悉当地礼节的在日中文人，的确是保障服务质量的聪明办法，万一遇上顾不得服务质量的案例，也省得烦心吧。

我不得不敬佩这份经营的用心，但是不确定自己喜欢这样的方便。药妆店的中文店员，一见我拿起酵素洗颜粉研究，便主动上来提醒我前面架上八盒装的比较划算，脸上有着"我懂你"的表情，然而她并不懂，我没有一买八盒的打算。她守在那里，候的不是我，她和杜塞尔多夫国王大道整排名店的中文店员们一样，都不是为我这一种中文旅客而设。偶尔用到她们的服务，我老觉得隐约占了什么便宜，也像被店家套上了件他们才看得到的新衣，只是除了说谢，终究也没的什么好发作。

像我这样，旅行只是为了瞧瞧人家过些什么日子的游客，往后恐怕只有在郊野地方，才有机会彬彬有礼地说些英文，去迷惑日本人了。要是真的吓到人家，我保证一定会好好鞠躬道歉的，我自从挺直了腰杆去玩以后，该弯的时候可是一向相当软Q呢！

我在银座逛街的时候有了重大发明

我可能因为去了这一趟东京,而成为一个优秀的发明家。

本来我是要去浅草的,去合羽桥道具街大逛特买。九年前去的时候,只是看了旅游书的简介,抱着随意看看的心态安排了一个下午的时间,一到现场才发现是我想得太简单,任何对厨房活动怀抱热情的人,都不可能一个下午就逛得心满意足。这里于是成为我非常挂念的景点,一直等着有机会要再去一次。

所以我决定这次住在银座,电车几站就到浅草,又能见识一下繁华老区。谁知道一到现场,再度发现我又想得太简单,任何对服饰、文具、杂货怀抱热情的人,都不可能一两天就逛得心满意足。我到头来没有去成合羽桥道具街，整整四天，密室逃脱无门似的，完全身陷银座。

而且每天都几乎渴死。你们知道在银座逛街的时候，人有多容易渴死吗？好比说我在伊东屋看文具，来到卖笔的楼层，忽然感觉到口干，但在此同时眼前所见就是LAMY的二〇一六限定款的陈列台，雾面紫丁香色的钢笔按照笔尖粗细，连同钢珠笔原子笔一字排开。我知道LAMY台湾就有，而且紫色明明不是我最爱的颜色，但那陈列台显然就是个奇门遁甲的阵眼，我忍不住直勾勾走上前去试笔，笔画一下内心立即惊呼，伊东屋拿这什么纸给人试写，好重的心机啊！滑顺细致好吸墨却不晕墨，我写情书都没用过这么好的质料，根本什么阿里不达①的笔尖在上面写起来都像王牌神笔。我停不下来，写过一支又一支，换过一牌又一牌，简直是一入阵眼就着了道，完全落入阵主的算计，一路试写进到笔柜最深处，盘算着哪一款可以买。口干？口什么干？

只有在每一次结账之后，把皮夹放回包包，重新挪移战利品的在袋空间，那短暂清醒的数秒空当，我会再度发现自己需要喝水。"这一栋逛完去买瓶饮料好了，刚刚一路走来好像没看到这附近有便利店，没关系，前面就是百货公司，它楼下一定有喝的可以买。哎呀，这个楼层全

---

① 闽南语，形容人或事没什么价值，没什么水准。

是纸耶！我要买漂亮的和纸回去包我的手工皂！"如此一再，水还没买到，火烧眉毛非看不可的商品却总是先到，然后我就渴死了。

隔天我记取教训，去逛KITTE的时候，在背包里带了一瓶水，谁知道也是枉然。去之前我就知道KITTE前身是日本的邮政总局，走进稳重四方的白色建筑以后，自然天光和宽敞的素直空间却带来意外的欢喜。以我建筑麻瓜的观点来看，这商场难得地温润、崭新却没有骄气，回来以后我去查了建筑师的名字，打算记住隈研吾这个人。当然也不能排除我对整栋大楼感到亲切，有可能是因为买到一个太嗨而产生的连带情执。新式的商场不同于过去多以品牌作为柜位区隔，倒是多了各色选物店，选物的范围从衣包鞋袜到锅碗瓢盆都有，集中火力锁定特定客群喜好，让人一走进去就觉得十有六七都写了我的名字，对，我的名字，我真的觉得日本人很针对我。

我就这样一路忙着从ANGERS、中川政七、鞋子店、袜子店赎回明显应该放在我家的家当，连书局都以文盲之姿去巡了一遍，结果当然还是渴死了。走回四楼，来到从前邮政局长的办公室，才有得坐下来拿出水瓶，窗外就是充满怀旧风情的东京车站，许多台湾口音的游客来到这里猛拍，我倒是相对冷静，这种红白相间的文艺复兴式建筑，总让我想起台南的警察局，视觉上有着即视感的熟悉，情感上却只想当作停下来喝口水的背景。

建筑新得闪着骄气的，是Tokyu Plaza Ginza，今年三月底才开幕。我本来只打算进去帮朋友买一把洋伞，想当然后续的发展又是我行经各大店铺，流连忘水的过程。退税的柜台在七楼，上楼把税一起退了说起来简单，实际上沿途却要遭遇各种的恶鬼拦路，撒纸钱是没有用的，撒真钱彻底收服才能还归清静。有一双假冒成烧番麦①的袜子对我痴缠不断，我在仓皇逃逸之前，拿起放下拿起又放下，起码有三次之多。没有拿出真钱做个了结的下场，就是烧番麦袜至今仍勾着我的魂魄，叫我有空再去坐坐。

办完退税，我不敢再身入险境，直接搭乘电梯去到地下二楼，在渴到口腔内膜都要龟裂的状态下，草草巡遍不卖食物的店铺，火速包起两件对折的夏装，才终于甘愿到Soup Stock坐下来，喝一杯姜汁汽水，吃一盘腰果咖喱。

我边吃边感慨，逛街好容易脱水啊！日本人这样体贴客人，或许可以考虑提供"随身输液帽组"给观光客们，将瓜皮帽式的生理食盐水袋钩吊在时下最流行的巴拿马帽里，成为隐藏式点滴，凭护照还可于各大百货服务处免费上针。是说如果真的有上针的服务，那不如顺便经营血库

---

① 闽南语，即烤玉米。

吧，我逛着逛着偶尔会遇到一些商品，明明一看就该是摆在我家的，但那价钱简直是要逼我去卖血。

我是觉得自己能想到这个补水装置，简直聪慧过人，哪一天荣获采用的话，希望能够看在我是发明人的分上，留给我取名的权利，纪念我在银座几乎渴死的那四天：Goosey Sui，傻鹅水。用连音写成片假名看起来超流行，グースイ。

我真的很会有没有？

在超市的中心呼喊幸福

六月底去了一趟冲绳。因为想着是去悠闲度假，事前完全没有调查哪里有猫货好买，幸好在那霸新都心闲（积极）逛（败家）的时候，发现Main Place里面一家大型超市，里面有着满满的猫货，要不然可没得对猫交代了，真是意外的救赎。

日本超市里宠物食品货架的占地比例，大概是全世界最高的。如果在日本以外的地方发言"我的猫最喜欢干贝口味的鸡柳，家里随时都要有"，通常会得到对方难以置信的表情，好像我是用妲己褒姒的规格在宠猫。日本超市的猫货规模，完全给我撑了腰，它懂那些东西就是养猫人的日常。猫本来就是除了干粮还要吃各色罐头，口味得要鲔鱼、蟹、鸡肉、鲣鱼轮替，很乖的时候要吃十一岁以上适用的夹心饼,特别乖的时候则要开真空包鸡柳鱼柳,偶尔嚼几块掺了木天蓼的小点心,或是木天蓼本人,嘛。

在日本超市的货架上,像宠爱猫狗这样,严格说来发展得有点极端却非常讨喜的,就是食品业者花在"包装"上面的心思。例如Q比美乃滋,有个小贝比商标的那款,光是原味在超市里就有五种以上的包装:大罐、中罐、小罐、迷你罐和用来带便当的单份随身包。不管你的冰箱有衣柜那么大,或是比书包还小,他都保障你可以在家里冰一罐美乃滋的可能性。我出于好奇上官网去查,原来他总共提供七种不同容量的软罐,"大、中、小"之间还有别的规格,可惜中文里面并没有延伸出"中大、正中、中小"这样的体积形容词可以用来列举。我才知道,原来人类可以享有这么优渥的软罐尺寸选择权。

当然日本的包装不全是令人感动的部分,伤脑筋也是有的。再以Q比美乃滋为例,不要以为50克装的迷你罐已经最像玩具了,最要命的是它还有一款玻璃罐包装,时不时就会推出特殊版本的设计。我曾经遇到过五十周年的纪念罐,那个平日裸体顶上只有一撮毛毛的Q比小家伙,忽然蓄起头发戴发箍,还穿上英式女仆装举着锅铲,瓶罐控遇到能不买吗?日本食品业者太明白消费者眼睛比嘴巴更冲动,以及招架不了"限量发售"的弱点,弄得超市里处处是可爱瓶罐危机,让人感动它太好买,苦恼它买不完。有时候我会在心里哀号"路本伦你们放过我吧",但又随即改口"啊我没有那个意思,你们还是继续好惹"。

除了满足自己的物欲,我也喜欢在超市采买伴手礼。虽然土产店和免税店里面一整盒的精美点心更体面,但是我总忍不住想与近亲知交分享更贴近当地庶民的食物。挑几款很"假会"①的泡面、"区域限定"的零嘴、号称使用真果汁却香喷喷好像葡萄橡皮擦的软糖、货架上看起来最贵最高级的七味粉,或甚至买一包缤纷的卫生棉给密友们。作为观光客,看不见居民们关起门来生活的样子,但是在超市里,和当地人一起置身于柴米油盐之间,想象他们餐桌上吃些什么,衣服洗好是什么味道,电视机前堆着哪些垃圾食物,想我是不是也可以带回去给自己或那个谁添添风情,这样一来,才觉得生活也一起来旅行了。对我来说最具异国情调的景点,向来都是超市,而在超市里挑礼物,就像把亲友们也一起带来旅行,好阔气。

冠冕堂皇的话说完,缓缓撕下面具现出我的师奶真身,其实另一个在超市采买礼物的关键理由,是价格。到了冲绳自然要人云亦云地买黑糖,买泡盛,买雪盐产品,适当剂量的盲从让观光客更快乐。从下飞机开始,名产大

---

① 闽南语,"很做作"的意思。

军就不断出现在各个商家，一款名产有一个售价和一个产品说明，十款名产分布在十个商家，就有三万八千种售价和产品说明的排列组合，这是会引发选择困难症，刺激压力荷尔蒙分泌，导致肌肉崩解并且加速脂肪囤积的啊！超市里面就有黑糖、泡盛、各色冲绳啤酒（以及夏季限定口味！）、冲绳麸、雪盐饼等名产跻身日常杂货之间。面对斤斤计较的当地主妇们，自然无法抬价或是图文不符到哪里去。超市的主要客群可是日本主妇，用精打细算喂饱家庭，还能兼顾做人体面的专家。我对她们有信心，在超市买手信很省神。

噢，还有就是，它免税。虽然趴数[①]不高，但是心情好。在这个日币换算可以直接除以四的时刻，又知道买的东西可以退税，放眼所见的商品全都自动调亮一个色阶，走向喜欢的零食时，每踩一步就开出一朵粉色的小花。买满两大篮，退回千把块，再绕回去拎几罐挑几包"冲绳限定"，晚上在饭店床上吹冷气看电视大吃大喝，赞许自己圆满了一趟超市行程。这种老少咸宜、贫富不拘都能享有的尽情舒快，是只有超市才能给的啦！

---

① 台湾地区关于百分比的说法。

没有,我没有去过日本看樱花

每年春节过后,赏樱的信息会雨后湿疹一般,从我的脸书页面长出来。一开始病势和缓,到了三四月进入高峰期,成日都是粉红色的瘙痒,这里停了那里发,直到樱花落尽才有得消停。平常最令我感慨自按赞不可活的,本来是那种专放美食缩时影片的粉丝专页,只想到要配合他们自己的美国时间,也不考虑我们就寝时分看到那些食物是什么心情;但一到三月底四月初,最挑战理智神经的却是各大旅游专页的赏樱资讯,东京千鸟渊好美,京都醍醐寺好美,奈良吉野山好美,我没去过心好痛,稍早见到"小江户"川越的"花见舟"照片,让我想要立刻含一颗巧克力舌下锭来缓解疼痛。

旅游专页的美景照片张张专业,角度、构图、配色和路人数目都经过精心算计，一看就知道里面藏着学问。哪里可以看什么樱，搭配什么景，早开的花在哪里，晚开的哪里还有，搭什么车，买什么期间限定，该留意该提防的，交代得体体贴贴，是赏樱的论述，逐文爬读能够建立"傻瓜也能享受满开啦啦啦"的乐观期待。叫人猝不及防妒火中烧的是脸书亲友一众，这些人干的是赏樱的实践，纬度从南到北：嘉义阿里山、淡水天元宫、关西关东北海道。有狗的牵狗，没狗的牵人，没人牵的纠众野餐，在蓝天白云下映着娇嫩的樱花拍照贴脸书，"这季节不看樱花才是傻瓜哈哈哈"。想当初结交这些人，图的不就是生活里多一点趣味和温暖，谁知道贴起赏樱图的时候，一个比一个手段凶残，尤其那些在日本打卡的，心若铁石，令人发指。

　　这疹子年复一年地发，又痒又烦，断根的办法大概就是亲眼见识一趟。尽管樱花只挑春天绽放，在日本却像是四时长生，任何季节去到日本，都能见到镶嵌在精神细节里的樱花：国族的，文学的，历史的，生活的。花朵乍看很轻，名字却带着重量，正当我以为该恭肃对待，却又发现它在市井欢闹。世上许多地方都有樱花，但唯有在日本，才能看见一个拥抱盛放与陨落的民族，以独有的姿态赞颂樱花的盛放与陨落，那是我想带着谦静的眼睛与耳朵前去感受的人文景致。要是日本观光局看到这一段，感念我如此识情趣得人疼，邀我前往赏樱，也算不枉这费尽心机的示意。我必定要排除一切行程前往赴会，冲一壶绿茶，带上一盒米饭染得粉红粉红的花见便当，和贴着盐渍花瓣的樱饼，樱饼，与樱饼（因为很想吃所以讲三次），坐在樱吹雪的微凉春风里，吸着谦静的鼻涕慢慢嚼，弭平我年年空爬赏樱文的叹息。

赏樱原来是不能拖延的旅行项目，想了好久要到日本看樱花，却老是不得因缘：或是机位难求，或当年预算困难，再不然就是旅伴意愿不足。本来觉得无所谓，总会让我等到天时地利人和的时候吧，不料一年拖过一年，竟然不巧长成了畏惧人潮的人。前年我承诺带妈妈到京都玩，让她先选好樱花或红叶，我好趁早订票，心里盘算着要是她选择樱花，我以孝亲为名或许能生出好一点的人潮耐受度来，谁知道她居然撇着嘴说樱花她早就带着外公外婆看过，不用了。自以为小有见识的女儿被乡间的老母告知，她所愿望的赏樱行程没什么好稀罕，其实挫败感挺大的，只待这个四月再在脸书上看几张亲友的樱下打卡照，我便应该终于可以心碎。

去过日本好几趟，要说从没见过樱花那是骗人。有一回去东京是三月中旬，新宿御苑里的樱树只开了几株，很客气很内敛的局面，但寿司和茶都已经买了，总是得坐下来吃完。园子里面人不多，保育园的老师带着一群幼儿在草地的另一端活动，包着红布帽的小型人类拉住手一字排开，喧哗奔跑着，我与同行的伙伴一边吃，一边看着远方宛如日剧的场景，偶尔抬头望着树丫上将开未开的樱花出神。成串成排的花苞，粉嫩的花瓣还卷着，间中几朵微微开了口的，仔细看进去，会发现一条条赭红色的花蕊，隐约要探出来。我心想，这意思不就是露着鼻毛的鼻孔吗？真有点像啊，那含蓄的摇曳。

那一次看见的樱花，丝毫不能满足我对日本赏樱的想象，充其量只能成为记忆里突兀的一瞥。回来后我在部落格上分享樱花花苞与人类嗅觉器官的共同特征，引起友人们很大的回响，大家都说那是个相当难忘的观点，有些甚至表示感情受到伤害。爹某①（我看日剧女主角楚楚可怜表达语气转折时都这样讲），我并没有要说樱花坏话的意思，像我这种不曾好好赏过樱的人，如何说得出扎实的坏话来？我只是怀抱着倾慕太久，苦等不到一次尽情的亲近，对着长年挂念的对象，能多说上一两句心情，也勉强算得上些微的安慰。我这是爱。

---

① 日语"但是"的音译。

鬼才偷拖鞋

有人拖鞋被鬼偷过吗？我好像有。或者说，我今年在美国某个饭店里，发生了一桩拖鞋密室消失事件，如果大家想要像我当时那样坚持采取科学立场，来质疑自己想要逃跑的本能的话。

我在洗完澡踏出浴缸的那一刻，发现脱在地垫上的拖鞋不见了，那种平价商旅提供的纸糊拖鞋，我从台湾带去的。找不到拖鞋本来不是什么值得注意的事件，人素日里找不到的东西堆起来根本足以另创一组恒河沙世界，可能是我脱牛仔裤的时候随脚踢飞了，可能是爬上床头吃色拉配电视的时候不小心塞进床底了，可能是根本没有从行李箱里拿出来，找就是。

围上浴巾回床边巡视，没有。翻行李箱，没有。再回浴室把地垫、体重计全掀了，还是没有。我站在浴室门外试图运用最大脑力思考拖鞋的可能位置，地毯的粗糙纤维抵在脚底板，传来陌生的触感，陌生到让我足以确信，洗澡前的确是穿着拖鞋的。因为陈小姐慎重嘱咐，饭店地毯可能有床虱，不要直接接触，所以我在抱着睡衣和盥洗包使劲扯门的时候，的确穿着拖鞋。

对，扯门。在拖鞋消失前，这本来算不上一回事。浴室门在我要去洗澡的时候是关上的，而且上锁似的打不开。估计是门锁老旧，刚才出出入入可能一个粗鲁让机械装置卡住了，我握住一字形的门把上下扳动，希望蛮力有用，蛮力在人类社会里偶尔有用。果然，扯几下就松了，我压下门把，却拉不动，门重得好像新式大厦的楼梯逃生门。美国除了月亮比较圆，连木头都比较实吗？我鼓起不存在的二头肌，好不容易拉开三十度夹角，忽然向后一跄，门在我猛拽的瞬间竟然轻回原本的重量。我在肚里生出一个罩着灰雾的惊叹号，那感觉好像、真像、太像对面有另一个人同时紧抓着门，却忽然放开了手。

我第一时间就把惊叹号擦掉，走进浴室。身在异地，有些思考路线不适合发展，就连跨进浴缸时，脑中闪过别把浴帘完全拉上的警讯，也一并斥为愚念。我一边往头上搓泡泡，一边告诉自己及早洗睡才是旅人正途。到我冲净全身，已经遥想完一遍初中物理关于真空的说明，无窗浴室的密闭状态也算接近真空吧，开门的时候必须艰巨对抗大气压力也算合理嘛。人对于物理常识不求甚解，在这种时候大有好处，因为很容易可以说服自己，万事万物都有科学解释，只是自己不懂而已。

听过这个故事的几个人，不约而同在这个点上质疑起我的判断力：你都已经遇到鬼，还留在房里想初中物理？但我只是想要保持客（铁）观（齿）而已，科学家做学问不都要先排除已知的可能性，才逐步限缩未知的可能性？学校教我们"杯弓蛇影"这句话，也就是图一个大家凡事先冷静。

而且我反复确认找不到拖鞋以后，就归纳出事情不在科学范围内的结论了，沉着不失效率。好啦，这说不定是一双薛丁格①的拖鞋，但是我连薛丁格的猫都搞不懂了，实在没办法去到那种科学层次。那一刻我终于决定承认可能有人，或之类的，在连续暗示我不想共用浴室，而且我最好不要拖到人家必须把暗示变成明示。

因为换房间实在麻烦，我接着开始考虑，有没有可能不用浴室睡过那个晚上，也就是说如果那人，或之类的，

---

① 又译作薛定谔，奥地利物理学家，量子力学奠基人之一，曾提出著名的思想实验"薛定谔的猫"。

介意的共享范围只含浴室的话,我睡在床上应该还好吧?但要人体实验这个理论实在风险太大,只好放弃。既然要换房,接下来的问题就是,我应该先吹头发还是先打电话给柜台。说到这里又有听众面露震惊,你还吹什么头发?!问题是,万一满房我不是要拉着行李出去换饭店或睡麦当劳什么的,湿着头会患头风,你阿嬷没说过吗?

所以我回到浴室吹干头发,擦好保养品,换回外出服,收完行李,清好喉咙,才拿起电话。前台人员说当然可以换房,但想知道有什么问题。"嗯,我无法确切告诉你为什么,"因为真相听起来实在太像中年妇女神经质发作,我不想说出来招惹负面臆测,或同情。人在值得被同情的时候获得错误同情,那是徒增悲惨,我确信这种时候扮演一个对客房质量不满意的住客,要比受到惊吓的住客来得有尊严,所以刻意张扬意志接着说:"但是我在这房里真的非常不舒服。"希望她听得出结尾接的是句点,没有商量余地,不给换房我会拉着行李去大厅睡沙发给她看。

前台人员一个字也没再问,说她会在电梯口等着亲自带我去新房间。一会合,我内心暗叹,她对我温和有礼,但是眼里满是戒备与怜悯,针对疯妇那一种。有理难辩啊,总不能摇她肩膀叫她相信我真的遇到鬼,因为严格来说并没有。新房间和旧房间格局相同，电视台一样在播精神官能症的新药广告，真想来一颗。我眼亮灯亮靠在床上不能睡，企图检讨漏掉哪个环节，才会找不到拖鞋吓自己一场，但没有，没有任何地方可能合理包藏一双拖鞋让我看不见，上了门锁闩了门链的房间就那么点大，就算有贼从窗外进来，消失的也该是装着美金现钞的包包，鬼才偷拖鞋！

　　鬼才偷拖鞋。真没料到我会有一天可以用双关意义讲这句话，不得不承认对此有丁点得意，但又随即自责万万不该对此事抱持任何开放的态度。拖鞋被偷不要紧，被狗偷甚至有点可爱，被人偷只是气一场，但是被鬼偷真的很烧脑，瞧我前前后后想了多少事情。全是白搭！

狂粉的单词课

前几个月迷上几个英国演员,一片热血赤忱想要认识人家,网络搜寻历年访谈影音档和采访报道读完还觉得不够,所以到Instagram和Twitter仔细订阅一轮。尤其推特,里面的粉丝真是各种疯,刚开始看不太懂他们讲什么,粉丝们发展出一套自有语言,不是日常得见的英文。我基于对偶像的坚爱积极自学,如今已经克服语言障碍,充分具备以英语表达铁粉狂慕的技能。为了便利大家在西洋追星的舞台发光发热,以下整理出一堂粉丝英文单词课(精选版)。

1. stan,名词。意指"超乎理智过度执迷的粉",简称"无脑狂粉"。

典故来自饶舌歌手阿姆的歌《Stan》,说有个名叫

Stan的粉丝试图以各种令人不安的疯狂手段博得偶像的注意,后来大家拿这个名字代称"狂粉",普及到连牛津字典都收进这个词。一般而言,自称stan只是夸饰,用来表达自己非常非常爱,不会真的去骚扰偶像。例句:I am one of Mayor Han's stans.我是韩市长的狂粉之一。(假的)

stan常当动词用,介词用for,接偶像名,就是"为谁成狂粉"的意思。例句:I stan for Ying-Hsuan Hsieh.我是谢盈萱的狂粉。(真的)

2. fandom,名词。意指"特定领域的粉丝群",例如同为中山北松山绿营"立委"候选人感到痴迷的一群人,就同属一个fandom。kingdom是同认一个王而形成的王国,fandom大概可以说是共迷一个对象而形成的粉丝国吧,这种粉丝国通常寄生在社群媒体上,因为传播方便。有些狂粉贴出偶像的厉害照片时,会用这个词当开头,呼唤全"国"同胞一起来看。例如前述"立委"候选人第一时间释出徒手剥柚影片时,可能就有这样的推文:Fandom! You are welcome! 同胞们,还不谢我!

3. mutual,名词。常为复数,在粉丝世界里意指"相互追踪按赞的推友/IG友"。粉丝国就是靠这个动作形成的,A经常张贴孔孝真的消息,BCDEF屡屡针对孝真的贴文留言赞声，久了就形成聚落。

例句：We are mutuals. 我们彼此有按赞追踪。

4. ship，动词。意指"把两人凑成一对"，典故和船一点关系也没有，反而比较接近relationship的词尾-ship。比方说，许多观众一向认为康柏拜区演的那出《新世纪福尔摩斯》[①]里面的夏洛克和约翰根本应该一对，就可以说："I ship them!"依我看，编剧根本从头到尾故意让那两人ship来ship去，这种惹粉丝痴笑的情节最有利收视率。

5. keysmash，实务操作上这个词不会直接出现，这是一个动作，也就是不知所云地乱打一排字母出来。在偶像忽然展露出极美、极帅或极诱人的姿态时，粉丝会在贴文的旁白栏打上类似"afjdkahdjhgakkj"这样的字符串，呈现自己兴奋到口吐白沫字都打不出来的状态。字符串通常主要以"asdfghjkl"这几个字母组成，因为是标准英打指法的起始位置，如果有想要特别表达某些单词，安插到字符串里面才会明显，例如：omg her lipsafjdkahdjhgakk我的天啊她那个嘴唇#%ˆ&*

6. 承上，狂粉经常使用高浓度的情绪性字眼呼天抢地，大小写和句读也都乱来，以求表现偶像的作为为他们带来多么严重的身心影响，例如：omg!!!我的天!!!

---

① 即康伯巴奇演的《神探夏洛克》。

i cant!!!我不行了!!! YOU ARE KILLING ME!!!你这还让不让我活!!! Sarah!YOUR TONGUE!!!莎拉!你的舌头在干吗!!! is it ReaLLly NeCEsSaRy????是有需要做到这种程度吗???? y r u like this!!!你为什么要这样!!! is this legal???这犯法吧??? STOP IT!!!快给我住手!!! IM GOING INSANEEEEEEEEEEEE我要疯了了了了了了,之类的。偶像随便抬一条眉毛,粉丝的性费洛蒙就爆表,句子读起来几乎有喘感,仿佛能看见键盘都被这些狂粉的手指敲扁了(本来就是扁的)。这种气氛中文的方块字很难做到,注音文或火星文反而可以。知道洋人粉丝狂起来一样不顾文法理智低下,深感欣慰,跟上国际脚步原来这么简单。

追星当时本以为那些英国人如果要来亚洲成立粉丝后援会,会长一职除了我没人更有资格,不料狂粉文看到后来意外发现,目睹这些新兴语言比看到什么明星照片更令我兴奋,仿佛集得多样宝物,身心满足。

人到底从几岁开始可以说自己活到老学到老?

流泪虽然可耻

看戏时,我的哭点低到不合常情。平日的冷静铁血完全消失,无论多么不入流的演出,只要人家洒一滴狗血,我就还人家三倍眼泪,哭到旁边的人完全出戏,一边递面纸一边喃喃惊叹,这样也能哭,而且哭成这样。

万一看的是拍摄精良的悲剧,那可惨。几年前有出日剧《Mother》,我集集哭到头痛。人在急速流失鼻涕眼泪的状态下必然脱水,脱水头就痛,但是田中裕子在屏幕里静默心碎,叫我怎么起身啪嗒啪嗒走进厨房,淅沥淅沥倒茶?那可是阿信耶,大家这么多年的感情。

这样头痛过几出戏以后,我不得不避开悲剧,连书都挑着看,太有重量的故事实在没办法,会短命。万一有非看不可的,只能仰赖高糖高油的食物热量熬过去,我在戏院看完《小偷家族》以后，直直走进面店，大吃一盘天妇罗配豆皮乌龙，才有办法把虚脱的灵魂拖回家。

措手不及的狗血最难防御，韩剧《耀眼》令我饱受折磨。隔了好一阵子再找韩剧来看，本来图的是公式套得稳稳妥妥的无脑喜剧，女角有大眼男角有大胸。我看那暖色系宣传海报里两个女人笑得开开心心，以为很安全，谁知道是亲情伦理狗血剧，美女苦帅哥苦大妈苦大叔苦阿婆苦小孩苦，那海报的黄色根本是黄连染的。

最疲劳的不是苦，是气。韩国人到这年头还要鼓吹无怨无尤牺牲奉献关我什么事呢，各岗各位都有人好好的日子不过，非得把自己活成好人好事，自认为做得对就一股脑儿干涉别人的人生，还要站在伦理道德的高地上当圣人，精神霸凌凡人。我边哭边气，有人真的会信啊，这种东西一旦有人信，旁边就有人倒霉，作孽啊！我到底跟着人家哭几点的？

这样内外分裂，一集哭过一集，第二天爸爸瞪着我发肿的眼皮摇头，说这个人再不健脾祛湿要坏了。我嗯嗯啊啊敷衍过去，宁愿假冒水肿患者，也不想解释追一晚上剧如何能哭成这样。哭点失衡这种症状再怎么欠医，也没人想找家长医。

说别人作孽，最孽的还是我的泪腺，完全不受理智控制。理智说好了好了这种剧情,观众哭到这里够意思了,眼泪却停不下来。像当年克斯汀·邓斯特在《夜访吸血鬼》里面尝过汤姆·克鲁斯的血以后,意志坚决说她还要,差别只在她求补血,我求失水。有人说流泪是排毒,大概有些我以为还能囤一阵的毒,嫌我这宿主住起来木讷冷沉,难得遇到机会可以投奔自由,就争先恐后上演滚滚红尘去了。

好吧,流泪虽然可耻但是可以排毒。这样想的话,比较有勇气把《我们与恶的距离》看下去。我的泪腺们可能等着李妈妈出场已经很久了。呼,这种看戏比看自己的人生还辛苦的时候,居然也是有的。

辑六

说到爱情

书写爱情的绿墨水

对于爱情的真面目,我最早的启蒙是来自一篇报纸副刊上的散文,说用绿色墨水写情书,因为绿色的油墨容易褪色,从写下的一刻就开始淡去,所以最适合用来承载当下的爱意。

彼时懵懂,以为只是随意读过一页报纸,连作者和标题也没有记住,但是每当看见电视上、小说里搬演的各种海誓山盟,心底却会偶尔浮现几页铺着绿色字迹的情信,墨色已经淡去一阶,画面像是一首带电的短诗,喃喃抱怨着"爱情很华丽但是会消失,爱情会消失却又如此华丽"的两难,让我读一次震一下。

后来逛文具店,每一次见到整把整筒的绿色原子笔,都觉得像是尚未启动的爱情胚胎,睡在笔盖之下等待故事来临。这种联结着青春期荷尔蒙的联想，不好意思告诉身旁一同挑笔的同学，只能不动声色抽出一支绿笔握在手上等着去结账，0.7笔芯，透明六角笔杆，绿色笔盖。同学一直都以为我是为了凑齐台面上的红蓝黑绿四色，但我要一支绿笔，从来都是因为据说它的油墨适合书写爱情。

虽然备着绿笔，我却只能用来抄笔记：

静力平衡的条件为移动平衡且转动平衡。

感官动词后面接原型动词或动词 + ing。

蚤起，施（ㄧˊ①）从良人之（的，助词）所之（至，动词）。

蓝色与黑色才是最适合阅读的颜色，大概也基于这个原因，学校的考试卷和作业规定只能用这两个颜色书写。如果我不拿绿色来抄笔记，让它白白躺在笔袋里，即使整个学期过去，笔芯恐怕还是满格状态，像是白白预备了一份心思，却全盘蹉跎了去。既然没有对象可以写情话，我便对着自己写语文英文理化，期待爱情的心思，让我的绿色笔记读起来别具风情，齐人之妻偷窥丈夫的时候，仿若是踩着少女的步伐而去。

到了后来，真的有人可以让我书写爱情的时候，字已经不用墨水写了，绝大多数的情话都在指尖下键盘上，

---

① 台湾地区使用的注音符号，音同yí。

也许曾经用处心积虑练来的美工字体抄过几首诗,或模仿文人的笔迹,装模作样在手工卡片上誊过几句歌词,但这些终究都不敌实时通信软件秒去秒回地交换I miss you. I miss you, too。

我再也没憧憬过绿色墨水,在发现情意多么难以确定之后。每一句情话都是我的招式,恨不得说尽倾慕与可爱,好能一举擒得意中人,叫他信我爱我没有我不能活。计算机的白底黑字清晰可靠还能自动暂存,我都嫌它力有未逮了,更别提绿色墨水,一早多事预言心意的消逝,那可不是初初热恋该做的事。后来我猜,那篇散文写的是爱过的人,只是,对着爱过的人,我能说的话都在通信软件的对话框里打完了,不能说的话也都当面失言或慎言了,哪里还剩下什么能写出来再褪一次色呢?什么油墨都无所谓了。

说到爱情,我想起飞蚊症

有些人眼睛朝着天空看的时候,会发现眼前飘着透明的变形虫,没有颜色,只是一个个极淡的轮廓,圈出不规则的形状。这些变形虫无法正视,假设你察觉到视线两点钟方向有一只变形虫,为了想要直视这只虫,所以向右上方微调视线角度,那只会让虫继续往更右上方的位置移动,因为它们是眼球玻璃体悬浮物反映在视网膜的影子。只要眼球转动,它们也会跟着移动,愈想要正眼观察,愈是徒劳无功。

据说这就是轻微的"飞蚊症",诸多成因当中,我大概最符合"用眼过度"这一项。有一次我躺在桶后溪畔,望着天空,四面八方转动眼球,终于得出看清楚变形虫的唯一方法,就是不要去看它。专心把焦点放在前方的天空,虫子自然会乖乖停下来,这需要用一点意志力,按捺住转过去的冲动,不去惊扰那只虫,才能用余光慢慢瞄,探究它究竟是什么模样。

在爱情里计较情人对自己好不好,就像在找那只变形虫。

愈是死命盯着对方够不够用心,就搜集到愈多不及格的事证,这就像跟在变形虫的屁股后面,一边追一边叫着:"对我好,对我好……你要对我好啊!"跑到精疲力竭,对方也不会对你更好。想象一下,要是有人如影随形跟在身后不断质问:"我这么爱你,你为什么不能对我更好一点?"你大概很难对他生出什么柔情蜜意来,严重的话,说不定还要闪出几滴恐惧的尿。

爱情一开始的时候,不容易出现这个问题,费洛蒙根本在溃堤边缘,随便磕碰就大把洒出来,对方眼皮抬一下你就觉得他示爱了,使你心情甜蜜,自动开启加码回馈机制,呵护他心情、照顾他吃穿,还主动帮他堂嫂的三舅公乔病床①。对他好令你满足,对方幸福快乐,也响应你各种周到。

日子久了,费洛蒙分泌趋向和缓,你二度帮三舅公乔到床位的时候,他喃喃说谢的样子开始显得不够感恩。也

---

① 指通过托关系得到住院床位。

不是怀疑对方的诚意,爱肯定是爱的,信任啦、理解啦、默契啦,在这个时间点上,不会有人的排名比他更领先了,但就是觉得,他好像应该对你再用点心,明明都是做得到的事情。一回神,你发现自己已经怀抱怨怼。

实情恐怕是,一旦你开始计较,他"对你好"的心意也将走向消亡。和眼球上的飞蚊一样,"对你好"是附件,依存着你们的爱意而生,随机出现在日子里无数的片面中、缝隙间,是造桥铺路之后不招自来的福报,吃用起来无须刻意减省,也不虞匮乏。你不去计较,它才能存在。

能计较什么呢?除非我们说的不是爱情。

IKEA其实是个有点阴险的地方

　　这世上没有别的店家像IKEA[①]这般，这么大程度掺和过我们每一段感情，简直是全球恋情见证所。你看你看，四海都有IKEA，无论在亚洲、欧洲、美洲，跟谁谈恋爱，都免不了要进它店门，买几件锅盆、沙发、台灯。就算不住在一起，成双的爱情鸟儿挽着手走进一个接着一个居家示范情境，脑内自备喷发桃色烟雾的干冰机，幻想将来会有的幸福生活，也是爱侣们逃不了的交往程序。

　　所以你后来忘记了的，它都帮你记得。那张万年长销的平价咖啡桌永远摆在那里，从前你租屋处用的就是这款，晚上看电视扒便当的时候，两双脚搁在上头，那个人坐在你右手边，正好方便你把红萝卜夹过去丢在他饭上。

[①] 宜家家居。知名的家居、家具零售商场。

但那是上个世纪的事了,你早已经不再稀罕同他一起晚餐,十几年来没有关心过他的死活,但是站在亮晃晃的卖场里,却莫名其妙想起一幕澄黄灯光下的家常,他的笑话很刻薄,你记起打他的时候,他臂膀传来的温度。

还有书柜,刚出社会买简易版的比利书柜,工作几年以后升级成有门板有抽屉的各式组合柜。自己组装能省点钱,那说明书看起来和乐高玩具附的差不多,但木片和金属的重量丝毫不是儿戏,一个抽屉的左右轨道,就是山盟海誓的第一道考验。你锁那边我锁这边,关上抽屉的时候怎么就有一边合不拢?你那边是怎么锁的怎么推不进去?什么我这边?刚才跟你说那个螺丝先不要一次旋那么紧你不信。拆开重锁,锁完再拆,一个不小心连人都拆散。所幸两人情比金坚,累瘫后睡了一夜醒来,看着依旧微凸的抽屉,一起叹息欢迎新柜子加入你们"没关系,只要我们在一起,什么都可以"的生活。

逛完一圈IKEA,你忍不住暗忖:干吗干吗,我都删了那么久的东西你帮我存在这里做什么?有谁拜托你帮我记录少时的点点滴滴吗?身旁那个和你一起来挑家具的人,经过那颗抱枕那张餐桌的时候,并不知道自己路过了一段你的历史;或许,刚才那套你摩挲许久的床单,也曾经浸过几趟他的泪水,但这两个因为步入中年而显得松垮的人，并不说起这些。不说也各自明白，如果不是从前用过那几款东西，现在或许无法如此精准地确认，哪些产品适合加入自己未来的居家愿景，哪些倒是永远不必。至于运送组装，你们连眼神也不用交换就知道要委请专业，这种可以用钱避开的龃龉风险早已不在课题之内，你们可是好不容易走到了这一步，即使各自怀抱未知，也要买张沙发坐在一起。

说到爱情，我想起三十万

小时候，阿嬷有一次在餐桌上提起某人的女儿歹命，嫁了性格鲁直急躁的丈夫，忍气吞声好几年，最后丈夫还是为了某个不得不的原因，抛家弃子走了，女人落得孤身持家。那时爸爸帮那丈夫说话，说他其实对太太算是"不错"，理由是，尽管男人并不是手头多么宽裕的人，离开之前却还是给了她三十万生活费。当年的三十万还算能过点日子，在座的长辈们再没人反驳，竟像是略带向往地，默认了这个抗告。

这个转折，是我在自家餐桌上难得听到的，极少数关于爱情的线索，尽管整个故事说的是婚姻。长辈们对那三十万的反应，是这个故事最接近庶民爱情的部分。

当然，那三十万在今日此时的餐桌上，只能被当作一张自我免责的赎罪券,除了买个心安,没有太大的实质补偿。但在当时的时空背景里,爱情还没能排进全民待办事项,需要应付的肚皮与账单太杂太烦,管不到其他。爱情充满变数,向来不是维稳家庭政治的理想材料,养只爱情的鸡,放屁的次数永远比生蛋的多。拜托,我哪来的时间看夕阳?看电影不如看高普考①讲义,更没体力晚上不睡觉看星星。但是如果给我钱的话,谢谢,你不说我也觉得你爱我,三十万你肯定存了很久。

爱情被劳碌的日子分割成无数个细碎的分灵体,对于爱情的各种付出与索求,被分解成细琐微小的碎片,飘悬在日常走动间,成为各种"疼你"和"疼我"。不敢奢望动人心弦的爱情,只能在行有余力的时候,随力搜捕或发放这些爱情的"差可拟",想要疼爱谁或被谁疼爱,往往合意的时候少,苦闷的时候多。随缘与知足成为极度必要的国民口号,叔伯姑婶们干脆写成卷轴挂在墙上案头,作为人生指南。

生活的余裕决定爱情的规模,愈是劳碌的人,愈没有心力搜捕爱情分灵体。于是在匮乏的心里,一笔能够省却一段劳碌的钱,也就等同于买来一段爱情差可拟。不是爱情本尊,只是差不多可以比拟,但是其实也没多大关系,

---

① 指台湾地区公务员资格考试。

只活在夏天的虫不必知道什么是雪,劳苦的心很容易相信,或即使不相信也十分乐意承认,这难得可以缓口气的安稳日子,就是爱情。

想想多少钱可以买到你的爱情差可拟,或许就知道你在生活上有多少精神余裕。

说到爱情,我想起马铃薯

马铃薯超好吃,在我的宇宙里,它是淀粉国的梅莉·史翠普①,做成什么料理都能得奖。一出戏里如果有梅莉·史翠普,还没看就知道精彩;一道菜里有马铃薯,对我来说就是安心满足的保证。

所以我也超怕它发芽。马铃薯一旦发芽,便是"不再"两个字。面目全非,没有了,来不及了,枉费了,味道变了,生出龙葵碱了,再喜欢也不好吃了。

如果这种根茎食物一开始就这副面貌,入口麻涩,全身是毒,那倒没什么好说。问题是它曾经非常美好,打从收成以来,就以最丰美的组成,期待着与命定的那人相逢;直到等待的时间太长,长到体内每个细胞都转身成

---
① 又译作梅丽尔·斯特里普。

毒，教人终于入口的时候，败坏一餐食欲，甚至毒瘫几条神经。这时候回想起它原来的白胖美好，分外唏嘘。

有些情人根本是马铃薯，没有按着他的意思吃了他，他就全身发毒给你看。

脆弱的自尊，幽微的心意，天不时人不和，造就爱情烈士必然的宿命。马铃薯情人看似拥护纯粹的爱情，效忠的却是悲剧，世上所有人都以为自己向往甜蜜与温馨，但是只要空气里出现一丝足以涵养壮烈与凄苦的悲意，马铃薯情人周身内建的芽眼，却会优先其他一切躁动起来。

普通话习惯把"activate"这个英文单词翻译成"激活"，用在这里好适切，好像体内埋着的前世怨苦，终于等到因缘和合，"噔"地双眼一睁醒过来，沿着血脉蔓延开来，最终掌控马铃薯人今后的眼耳鼻舌身意，不容退转，直到成毒。

有毒的马铃薯该不该吃，不好决定，整颗都长芽发叶也就罢了，最难的是芽眼只冒在脚底的那种：要丢怕雷劈，削去一角煮来吃却滋味诡谲，心里既不安又委屈。说起来总是情人一场，他会坏掉好像你也有责任；就算没有责任，也不忍看他在苦毒里泅溺，自己却身心康泰地走开。多陪着他一刻，为他缓一阵毒发的速度，是情分，是道义，是怜悯。

却也是枉然。除了他自己,没有谁拦得住一心赴毒的人。想要赔上青春与天真去陪伴发芽马铃薯情人之前,或许可以想想古人献祭肥羊与纯洁少女给妖怪的众多故事。妖怪从来不曾切结保证不下山屠村,它同意的只是在羊和少女的产量稳定的时候,尽量先吃送到眼前的这两款。

苦毒啃食完宿主的心之后,不吃他隔壁那一颗吃谁的?算到这里你还没开始收书包的话,我只能说真爱果然非常强大,和业障一样强大。

说到爱情，我想起扮仙

小时候，乡下偶尔有戏看。庙里的神明生日或信徒还愿，就在庙口做戏，隆重的做歌仔戏，经济一点的做木偶戏。每天下午和晚上各有一场，正式演出之前会让演员或戏偶排排站在台上，扮仙祈福。

我特别留意木偶戏的扮仙，锣鼓点一起，麦克风开始试验，就赶紧站到台前，等着戏偶一尊尊端上去，身边的群众也一个个聚拢来。一群鼻涕小儿忍着夏日蚊虫或冬日寒风坚守棚下，听着木偶戏师傅怪腔怪调，为的当然不是支持传统戏曲文化，而是等着扮仙最后撒糖果的惯例。大人说那糖果吃了保平安、好长大、会读书，但其实我们只是想吃甜。

接糖果有点学问。师傅躲在布景后面盲抛，台下的人很难预测抛物线的起点,自然也就难以判断落点。说全凭运气也不是,糖果有幸出现在自己的头上,迎上去接的手不够决断、不够奋勇的话,很可能掉下来砸在额头,弹出去给隔壁的红豆腿男孩捡走;但是要说努力有用的话,有时候明明看准了来势,只差那十分之一秒糖果就要落在掌心了,戏棚上忽然喷出一圈米酒,正中我两只眼睛,不得不闭上眼的刹那,听见旁边的臭白目①袭过来取代我捕获那颗糖,包装纸被手掌握紧,只是非常短暂的一下窸窣,在庙口的喧哗里没有人知道,我用耳朵关注着它的离去。

爱情的降落大约也是。

我们伏低身体,等待爱情落到眼前,旋转跳跃,有时闭着眼,各凭本事将甜蜜一把抓在手心。那些接到了的、捡到了的,喜滋滋把糖塞进颊边,其余的人继续以虔诚的姿态,试图在各种自以为高明的时机跃起,有些额角误撞上别人的爱情流了血,有些出师未捷先熏了眼睛,看不见前路何去,只好站在人群里抹泪。

"到底那颗糖是有多好吃?"这样的问题,在自己没有吃到前,从来都是谜。爱情的滋味,吃的人甜在嘴里,

---

① "白目"一词主要来自闽南语,用来形容搞不清楚状况、不识相、乱说话、自作聪明的与傻瓜含义相近的人。由于此类人经常会遭人白眼,于是以"白目"概之。

想吃却吃不到的人甜在仇人的糖罐里,臆想起来愈是好滋味,愈是恨不得想要尝一点。执迷久了,那甜味在人体内吸骨喝血,幻化成相貌绝美的糖妖,日后真吃到了,竟觉得不够。盼望如此深渴,降临的爱情反而不够香,不够甜,不够填。

扮仙糖果般的爱情我接到过几次,万分窃喜甜蜜,也的确因此多读了书,但不是学校里的,而是三色人讲五色爱①的那种,读来保心情平安的。心情平安有时保得住,有时保不住,保不住的时候,人就会长大,很好长大。

---

① 来自闽南语中的俗语"三色人讲五色话",指各种人对同一件事情有各种看法。

说到爱情，我想起野生动物摄影师

那种国家地理频道或BBC播出来的，猎豹一时在草原上畅快撕开幼羚皮肉，一时悠闲趴在树上瞌睡的影片，一看就知道背后必然有个没得好吃好睡的摄影师。

干净的床单、热水和冲水马桶自然是没有的。独自在人迹罕至的陌生荒野里，乔装成一丛灌木、一块岩石，或一抔土，披着迷彩雨衣或帐篷，背上流汗就让它结成盐，肚子饿就吞点干粮，尽管已经躲在下风处，还是要力求低调安静、不惊不扰，让自己作为一个极其谦卑隐晦的存在，只求能够接近猎豹到安全的极限范围，等待看见的机会。

看见他心仪的那头猎豹，在天地间原本的野生模样，愤怒就威吓，饥饿就猎捕，疲困就瞌睡，发情就求欢。野性,是动物园圈养不了的原始生命力,强壮而丰富,美得几乎就要证明神的存在。地球上有几十亿人,但唯一亲眼见到猎豹之美的,只有摄影师那一双眼睛。我说,这世上没有谁比他更具资格,成为那原始样貌的唯一见证者。

当"我就是喜欢你原来的样子"这句话在情人之间出现,总让我想起野生动物摄影师藏身在荒野中,谦卑而沉着的身影。千万人中,唯独是你怀抱倾慕走入我的地界,勇闯我飞扑而上就能咬断你脖子的猎杀范围,不求惊扰地欣赏我的本来面目。

关于存在的辩证,我向来难以决定哪一个比较有理。一颗橘子,如果从来没有人看见,那橘子究竟存在过吗?能够确定的是,有了你在数步之遥的恋慕守候,我这条劳碌而尘染的灵魂,才特别察觉到自己活着。你蹲伏的深度,与我展露的真实,是实时联动的拉锯。为了看见我,收敛起手脚与鼻息,蹲踞在谦逊低调的下风处等候,仿佛你是宫墙之外的庶凡草莽,而我是矜贵明艳的皇室王族,仿佛。

实情却是,你愈是客气自持守在低处,愈是攀上我生命的制高点;未曾试图驯服,却达成全面制约。你珍视尊重我如同一匹猎豹,我欢欣迎接你侵入我的地界,庆幸空气里有你的气味,乐意在你眼前忘我奔驰,在你可及之处袒腹瞌睡。猎豹依然野生,却再也不只野生。你沉静的注视,照映出我的存在,是我一人独享的光。你见我美,令我更美。

说到爱情，我想起露西

露西[①]小姐出生在三百二十万年前的地球上，是一只，同时也是一位，阿法南方古猿。她的脑容量与猿相近，却能像人一样用两只脚直立行走。虽然还是善于手脚并用地爬树，但在分类学上，她已经有了"人族"的名分。

从兽爬状态过渡到人立，在人类演化史上是件大事，终于能等到猿猿站起来，要比萌萌站不站感人许多。露西小姐如果知道她的祖先用四只脚在地上爬了几年，大概会非常自傲于人立先锋的身份。但当然，她不会知道这些，她只是吃喝拉撒地活着，也没想过自己往后还有多少进化

[①] 露西（英语：Lucy）是标本AL288-1的通称。此标本具有约40%的阿法南方古猿骨架，由唐纳德·约翰森等人于1974年在埃塞俄比亚阿法尔谷底阿瓦什山谷的哈达尔发现。目前保存在埃塞俄比亚国家博物馆。（取自维基百科）——原注

的可能。

爱情里的双方,是两只"露西"。

两只"露西"差不多身形,用差不多的视角,探索同一个山谷。所以他们攀走的山径差不多,获取到的食物差不多,开心的事差不多,烦恼的事也差不多,一直到突变来临。

一只"露西"里面装着一个灵魂,两只就是两个不同的灵魂。灵魂拥有自外于理智与文明的天生意向,即使是爱情的澎湃,也溶蚀不去露西体内任何一个最幽微的自我执念。无论双方多么自认为相当,在变化到来时,终将遇上进化的歧异点。关系愈是久长,歧异点愈是连绵。

爱情里的"露西"们并不是每一只都如同人类演化史记载的那样,一路从阿法南方古猿进化成能人、直立人、智人,到现代人,一直在一起过着幸福快乐的生活。结伴同行的路上,一旦"露西一号"在前面拐了弯,没让"露西二号"跟上,此去就是各自的前程。在进化的深林里失去彼此的身影,最初还能听见呼喊的声音,不多久就只剩下对方在自己心里的模样。

"你在哪里?""我在你心里。"其实对"露西"们来说是恐怖极短篇。"露西一号"走着走着,脱了毛、挺直了背脊、抽长了身高,进阶成更高明的人,不再是"露西";"露西二号"走上不同的路途,由于想得太多生出巨脑,两只脚站不稳,只好又趴回去爬,演化成一只过虑而夜行的兽,不愿再记起自己曾经是"露西"。

曾经并肩的古猿与古猿,成为归处各异的人与兽。人兽之间能有各式盟约,用来捆绑彼此的关系,但是来到爱情的份上,便是殊途。两双眼睛,对同样那个山谷再没有同一个高度的眺望。两条灵魂各自辗转,失去共同语言,聆听与发声俱是徒劳,而"露西"的爱情,最后只是三百二十万年前的记忆。